BLANCHE

L'image de couverture est un détail d'une œuvre de Pascale Monnin (série *Une couronne tombe sur le monde. La nature et les animaux respirent*).

Catherine Blondeau

BLANCHE

MÉMOIRE D'ENCRIER

DE LA MÊME AUTEURE

Débutants, Montréal, Mémoire d'encrier, 2019.

À mes parents
À mes ancêtres
Et à toutes celles qui se reconnaîtront

Dans le monde où je m'achemine, je me crée interminablement.

Frantz Fanon

DANS L'ŒIL DU CYCLONE

Je ne savais pas que j'étais blanche.

J'avais dix ans, j'avais vingt ans, j'avais trente ans.

Je m'amusais des histoires que la peau familiale avait à raconter. Mon père est né à Argentan, ma mère à Bonnétable, deux petits bourgs de la France rurale des années 1930. Vu la carnation de ma mère et la mienne, je me figurais que nos ancêtres, dans ces fins fonds de l'ouest de l'Europe, avaient dû croiser un jour la route des Vikings. Le teint hâlé de mon père et ses cheveux noir jais militaient plutôt pour une lointaine origine méditerranéenne, un accroc dans la filiation tout à fait possible à l'époque où les conquérants arabes, parvenus dans les parages de Poitiers, avaient bien dû y laisser quelques gènes.

Aucune archive ne venait contredire mes rêveries d'origine.

Quand je croisais des gens à la peau plus foncée, je les remarquais. Leur différence m'intriguait. Leur histoire m'intéressait.

Rien de tout cela ne faisait de moi une Blanche.

Les personnes de couleur, c'étaient les autres.

Moi, je n'étais d'aucune couleur particulière.

Je n'avais rien de spécial.

ÉLÉGANCE

Chez nous, on ne prononçait jamais le mot « race ».

Mes parents m'avaient appris que tous les êtres humains se valent et que le racisme est un poison. Le mot « race » avait un relent de chambre à gaz et de ratonnade, il sentait la gégène et le nerf de bœuf, il conduisait en pente raide à d'autres mots plus infects encore comme nègre, rital, bougnoule, polak, youpin, bridé, qui tous puaient trop fort pour passer nos lèvres.

Même mon père, qui pourtant lorsqu'il s'agissait de qualifier ses ennemis disposait d'un riche fond, essentiellement scatologique, hérité de son propre père ; même mon père, dont les chapelets de gros mots dégringolant en cascade aux moments les plus incongrus nous faisaient éclater de rire, nous les enfants, sans que les froncements de sourcils de ma mère n'y puissent rien ; même mon père, donc, tenait à distance ce genre de vocabulaire.

Il arrivait que de grands hommes fins habillés de boubous multicolores traversent la maison pour s'asseoir au salon. Des Maliens, venus remercier à domicile le chef d'atelier qui avait facilité leur embauche comme O.S. à l'usine. Ma mère prenait une petite voix haut perchée que je ne lui connaissais pas en d'autres circonstances pour parler de ces « messieurs noirs » qui nous rendaient visite de temps en temps. Comme si elle avait marché sur des œufs, traversé un ravin sur un fil, avancé dans l'obscurité, les mains tendues devant elle, craignant l'embûche.

Moi, je n'avais d'yeux que pour les cadeaux qu'ils offraient à mon père. Presque toujours la même sculpture. Deux antilopes lapant l'eau d'un lac, émergeant d'un petit bloc de bois rouge, toutes en minceur verticale. Quarante ans et quatre déménagements plus tard, elles trônent encore sur la cheminée de la maison familiale où mon père ne vit plus pour les voir.

PRIÈRE

Au catéchisme de quartier que j'ai fréquenté avec une certaine ferveur jusqu'à l'âge de quinze ans, il se disait que tous les hommes sont frères. Dans le petit local du presbytère, on les voyait danser ensemble en frises multicolores sur les affiches défraîchies qui décoraient les murs.

Chaque soir, à genoux et mains jointes, en pyjama devant mon lit, je priais pour que le monde tourne plus rond. Je priais pour les enfants du Biafra qu'on nous montrait à la télévision, le ventre ballonné et les mouches au coin des yeux. Je croyais que tous les enfants d'Afrique vivaient comme ça, traînant leurs membres amaigris sur de la latérite craquelée. Aux actualités du soir, on nous parlait aussi des Noirs d'Afrique du Sud qui se révoltaient contre ceux qui les opprimaient, et moi, à qui on avait appris à détester l'injustice, je demandais à Jésus, par-dessus tout Seigneur Jésus s'il te plaît, d'en finir avec l'horreur de l'apartheid.

Il ne m'est jamais venu à l'idée, quand je parlais à Jésus le soir au pied de mon lit, que j'avais quelque chose à voir avec les affreuses personnes qui là-bas faisaient du mal aux Noirs. Je les voyais comme des monstres, de ceux qui vivent sous le lit des enfants la nuit, attendant qu'ils s'endorment pour les dévorer.

Jamais non plus ne m'est venu à l'idée qu'une autre petite fille, quelque part en Afrique, puisse prier de son côté pour que mon destin d'Européenne (menacée par la dérive consumériste et le vide spirituel) prenne une autre tournure.

UNIVERSEL

La biologie et la génétique historique sont formelles : de toutes les espèces humaines ayant peuplé la Terre depuis l'apparition de la vie, Homo Sapiens est la seule survivante. Une seule espèce, un seul génome, une origine africaine commune, un même destin sur une planète finie.

Il n'y a pas de races humaines.
Il n'y a que des êtres humains.

On pourrait croire l'affaire réglée, mais en fait non.

L'homme universel s'avance avec son petit air propret et ses prétentions égalitaires : on connaît la chanson. Les Lumières nous ont déjà fait le coup. La mission civilisatrice nous a déjà fait le coup. Les droits de l'homme nous ont déjà fait le coup. L'homme universel est toujours un peu trop blanc, un peu trop mâle, un peu trop vieux. Il a un arrière-goût de je-sais-mieux-que-vous, de chérie-laisse-toi-faire, de jarret coupé et de police des frontières.

Il ne nous regarde pas dans les yeux.

ÉVIDENCE

Il n'y a que des êtres humains mais ils se regardent et ils se voient. Rien ne sert de nier l'évidence.

Est-ce que celle-ci n'a pas les cheveux blonds et lisses tandis que celle-là les a noirs et crépus ? Les yeux de celui-ci ne sont-ils pas bridés ? Le nez de celui-là n'est-il pas épaté ? Et la peau de cette autre n'est-elle pas criblée de taches de rousseur ?

On n'entre pas en humanité sans montrer patte blanche.

D'où qu'on parle, il y a Nous et il y a les Autres.

Nous les Êtres Humains et Eux les Barbares.

C'est le Blanc qui fait le Noir, dit Fanon. C'est-à-dire que le raciste fait le Noir, comme l'antisémite fait le Juif (Sartre), le patriarche la Femme (de Beauvoir), l'homophobe le Gay, le colonisateur l'Indigène, etc.

Mais alors qui fait le Blanc ?

Et la Blanche ?

Et que reste-t-il de ces catégories quand plus personne ne vous regarde à travers la loupe déformante du mépris et de la haine ?

BASKET-BALL

J'ai huit ans.

Mon père part aux aurores et rentre pour l'heure du dîner. Il se couche tôt et je me faufile dans son lit pour qu'il me raconte, encore et encore, l'histoire de la petite poule rousse, celle qui travaille dur pendant que les autres animaux de la ferme gambadent.

La plupart du temps, il s'endort avant moi.

Il aime mener son monde à la baguette et faire des blagues. Le weekend, il cuisine, bricole dans la maison, se couche sous la voiture pour changer le pot d'échappement, met du vin en bouteille, nous emmène aux champignons. Il me montre comment faire un arc et des flèches dans une branche de noisetier pour mes équipées solitaires dans la forêt. Plus tard, quand la passion de la mer l'aura pris, je passerai des heures à démêler le fil de pêche, perchée dans le cockpit de notre petit voilier posé sur le ber, tandis qu'il décape la coque et la recouvre d'antifouling, en improvisant des chansons burlesques à sa façon dont la cane démêlayeuse (c'est-à-dire moi) est le personnage principal.

Il n'écoute jamais de musique, sauf l'accordéon d'Yvette Horner, les chansons d'Yves Montand et *Petite Fleur* de Sydney Bechet, surtout au moment du dessert, lors de repas de famille bien arrosés avec mes oncles et tantes. Il réclame ses airs favoris à ma mère qui sort les trente-trois tours de leur pochette avec précaution avant de poser le bras du tourne-disque sur le sillon. Il fume une Royale rouge qu'il apprécie en plissant les yeux avec un sourire indéfinissable.

Il ne regarde presque jamais la télévision, sauf les films avec Jean Gabin, les 24 Heures du Mans et le basket de temps en temps : quand il était jeune, il a joué dans l'équipe de l'usine. Il vénère les Harlem Globe Trotters – encore plus qu'Alain Prost ou Ayrton Sena.

TOUS DIFFÉRENTS

Je mène tranquillement, au sein d'une famille aimante, la vie insouciante d'une fillette d'un agent de maîtrise de l'industrie automobile et d'une mère au foyer (c'est comme ça que je les décris dans les fiches que nous font remplir les professeurs le jour de la rentrée). Nous habitons tout près de l'usine, dans un pavillon mitoyen qui fait la fierté de mon père. Fini l'appartement de location où les voisins cognent au plafond quand les enfants crient trop fort !

Mes frères et sœurs sont bien plus grands que moi et je suis souvent seule. J'aime courir les bois avec mon chien et construire des cabanes. Le reste du temps, je vis le nez plongé dans les livres, pour le plus grand plaisir de ma mère, que la sienne traitait de paresseuse quand elle la voyait lire. Comme j'ai vite fait le tour des étagères familiales, j'écume le rayon jeunesse de la bibliothèque municipale de Saint-Aubin-lès-Elbeuf.

Je ne le sais pas, mais tous les gens que je croise sont blancs. Au collège, on nous fait lire *L'Enfant noir* de Camara Laye. Cela me semble très lointain, très étrange. J'ai l'intuition que je ne comprends pas du tout ce dont me parle ce livre.

Mon père, qui déteste les curés, voue un culte à son usine. Il a troqué le vélo de sa jeunesse contre une R16 où nous nous entassons, mes deux sœurs et mon frère à l'arrière, moi à l'avant sur les genoux de ma mère. Nous roulons Renault, pensons

Renault, débattons Renault. Avec mon oncle commerçant, les relations sont un peu tendues : il préfère les Peugeot.

Chez ma meilleure amie, personne ne s'intéresse aux voitures. Olivia est fille unique et vit dans une HLM avec sa mère, qui enseigne la guitare classique à l'École de musique. Il m'arrive de voir passer dans l'appartement la silhouette d'un homme, mais ce n'est pas le père de mon amie.

Je commence à soupçonner que toutes les familles ne vivent pas exactement de la même manière.

Je suis des cours de guitare.

RITOURNELLE

Ma mère écoute tous les jours « Radioscopie » sur France-Inter. Elle aime Brel, Brassens, Ferré, Ferrat, Serge Reggiani, Louis Armstrong et Jessye Norman. Quand elle exprime son admiration pour ses idoles, elle penche un peu la tête, ses yeux brillent et sa voix prend des intonations graves. Bientôt, la voilà qui se met à fredonner deux ou trois notes en battant la mesure de la main droite, un sourire dans le regard.

Dans les fêtes de famille, elle chante *Frou-frou*, *Le Temps des cerises* et *Mon Amant de Saint-Jean*. Sa sœur, qui a une prédilection plus nette pour le drame, lui emboîte le pas avec *Les Roses blanches* et pleure toujours dans le dernier couplet.

Ma grande sœur rapporte des colonies de vacances où elle est monitrice les chansons de Graeme Allright, Maxime Leforestier et Joan Baez. Je grandis. J'aime Brigitte Fontaine, Leonard Cohen, Manu Dibango, Les Doors et Bruce Springsteen.

Le répertoire de ma mère s'étoffe. Je l'accompagne à la guitare sur *Lily* de Pierre Perret et *Le Vieux* de François Béranger. À Noël et aux anniversaires, nous sortons le carnet de chants et toute la famille entonne en chœur *La Maison bleue*, *Les Copains d'abord* et *Il faut que je m'en aille*.

TOUS PAREILS

Mon père s'intéresse à l'histoire. Il parle encore de l'antiquité égyptienne et des dieux grecs qu'il a appris en sixième – c'était avant que son père ne le retire du lycée, où il est resté juste assez longtemps pour comprendre qu'il aimait étudier.

Le grand-père ne voyait pas où auraient mené de longues études qu'il n'avait pas les moyens de payer. Bien malin qui saurait dire si c'était son ardoise au bistrot qui rendait les fins de mois difficiles, ou les fins de mois difficiles qui le poussaient au bistrot. Toujours est-il que l'argent manquait. La grand-mère récriminait quand son homme rentrait les poches vides puis retournait à ses travaux d'aiguille. Les trois fils poussaient de leur côté, comme des salades montées en graine, grands et maigres dans leurs pantalons rapiécés.

Le grand-père avait un plan: il comptait sur les usines Renault pour sauver tout le monde de la misère. L'apprentissage ferait accéder ses gars (il les appelait «mes gars») au rang d'ouvrier qualifié. Il en profiterait au passage pour colmater les trous de sa bourse en leur confisquant leur salaire. La pauvreté n'a jamais empêché personne de se comporter en patriarche autocrate.

L'histoire aussi s'intéresse à mon père. À dix-neuf ans, il ne trouve pas d'autre moyen d'échapper à la tutelle paternelle que de devancer l'appel. On est en 1948, la France s'accroche à ses colonies. Pour lui, ce sera six mois en Indochine (c'est déjà la guerre), puis un an au Maroc (c'est encore le Protectorat).

Sans doute préférerais-je aujourd'hui que le prix de son émancipation n'ait pas été son enrôlement dans l'armée coloniale, mais les faits sont là.

J'imagine le gamin, dont l'horizon jusque-là s'arrêtait aux odeurs de cambouis des tourneuses-fraiseuses de l'usine, au parfum de terre bêchée du potager familial, à la fraîcheur de l'eau de l'Huine où il braconnait du poisson l'été avec ses frères et au goût acidulé des pommes qu'il chapardait dans les vergers. Je l'imagine, grisé par son premier geste d'adulte, respirant l'air marin sur le pont du bateau, transbahuté par l'histoire vers les fronts de l'empire, où il n'a aucune idée de ce qui l'attend.

Il a passé son service militaire à réparer des camions, dans l'odeur de cambouis des ateliers de l'armée française. Il n'a connu ni les unités combattantes, ni les salles de torture, ni les cachots, ni rien. Il a travaillé aux côtés d'ouvriers du pays qui avaient appris le même métier que lui. Ils sont devenus ses camarades. Certains d'entre eux parlaient français. Quand ils lui ont appris qu'ils gagnaient moins que lui, il n'a pas compris pourquoi. Il a trouvé cela vraiment injuste.

Il n'a pas pour autant cessé de croire que la France avait civilisé les pays qu'elle avait colonisés. Il avait la tête farcie des oripeaux missionnaires dont la propagande française avait habillé ses guerres de conquête. Il égrenait les écoles les routes et les hôpitaux, y croyant dur comme fer. Il avait avalé la fable de la supériorité française comme une potion magique qui, peut-être, réparait les humiliations subies dans son enfance de pauvre.

Il avait pourtant gardé, pour les cultures des pays lointains où il avait fait son service militaire, la même admiration sincère que pour l'Égypte et la Grèce antiques entrevues lors de ses études avortées. Trente ans plus tard, pour ses premiers pas dans le tourisme de masse avec ma mère, il choisira

Athènes. L'année suivante, ce sera le Maroc. Une retraite anticipée plus tard, ils iront en Égypte puis au Vietnam. Au Maroc, avec sa tête de marin burinée par le soleil, il sera fier d'être toujours pris par les gens du pays pour un gars de Meknès.

COMPÉTITION

Lui : Ma grand-mère était pauvre, elle m'a élevée seule, elle a travaillé dur, commerce et couture, pour m'envoyer à l'école.

Moi : Mon grand-père était manœuvre. Il s'est quand même débrouillé pour que ses fils aient une vie meilleure que la sienne.

Lui : Ma grand-mère ne connaissait pas l'alphabet.

Moi : Mon grand-père en avait appris quelques bribes qu'il avait oubliées.

Lui : Les ancêtres de ma grand-mère ont été vendus comme esclave, ils ont connu la cale négrière, on les a traités comme du mobilier.

Moi : Mon grand-père a été placé comme garçon de ferme à l'âge de sept ans. À quatorze ans, il a commencé à porter des traverses de chemin de fer et ça ne s'est jamais arrêté jusqu'à la fin de sa vie.

Lui : Ma grand-mère était fière de ce qu'elle était, elle n'a jamais courbé l'échine.

Moi : Mon grand-père traînait en chaussons dans son HLM, l'œil dans le vague, ruminant sa condition de dominé.

Lui : Ma grand-mère chantait en prenant son café sur la galerie.

Moi : Mon grand-père était alcoolique et battait ses enfants.

Lui : Ma grand-mère était noire.

SEIZE ANS

J'ai seize ans.

Les grands frères de ma meilleure amie (ce n'est plus la même, nous avons quitté Cléon pour déménager près de l'usine de Sandouville) ne jurent que par Woodstock. Nous regardons religieusement le documentaire tourné sur le festival dix ans plus tôt. Nous rêvons d'amour libre, d'un monde meilleur et de concerts sous la pluie.

J'abandonne la guitare classique pour un duo avec Jojo. Elle donne le rythme au djembé, nous chantons à deux voix les tubes de Crosby, Stills, Nash and Young. Le samedi soir, nous faisons le tour des restaurants du Havre où nous jouons au chapeau – l'âge adulte nous fait des signes et nous sommes tout ouïe.

J'écoute en boucle Ike et Tina Turner. Je connais *Proud Mary* par cœur.

Dans une séquence du film, on voit Jimi Hendrix, ensemble pattes d'éléphant blanc et or, bandana dans les cheveux, donner un très long solo. Je n'ai jamais rien entendu de pareil. Hendrix a la rage au corps, il joue *crescendo* jusqu'à la transe et le son de sa guitare électrique, qu'il pulvérise à la fin du morceau, est complètement saturé.

Je ne sais pas quoi faire de tout ça.

Il me faudra un peu de temps pour comprendre qu'il a truffé l'hymne américain du bruit des bombardements sur le Vietnam, et des années encore pour prendre la dimension du très grand musicien que fut Jimi Hendrix.

EXPLORATRICES

Je suis au lycée et je lis *Tristes Tropiques* sur les conseils de mon professeur de français. Tout ce que Lévi-Strauss me révèle des particularités de la civilisation européenne au miroir de celle des Indiens Yanomami m'étonne et me chamboule. C'est bientôt le moment de choisir une orientation professionnelle. Et si je devenais anthropologue ? Le problème, c'est que je ne vois pas très bien comment on peut gagner sa vie avec un métier pareil. Mon père, lui, me verrait bien suivre ses traces dans la grande usine. Il est un peu déçu quand je décline l'embauche qu'on m'y propose après un job d'été. J'aime trop les livres pour travailler à l'usine. Professeur de français me semble une meilleure piste.

Il y a tellement de livres. Je voudrais n'en manquer aucun. J'explore dans toutes les directions. Je fais d'intenses séjours prolongés dans l'œuvre des auteurs classiques, des sauts de puce dans des titres inconnus sur lesquels un ami, une bibliothécaire, un professeur, une émission à la radio, un débat à la télévision ou tout simplement ma mère ont attiré mon attention. Je me souviens encore avoir lu *Le Cheval d'orgueil* et *L'Archipel du Goulag* dans l'édition reliée de France-Loisirs (elle avait choisi ces titres dans son abonnement).

À chaque étape de ma vie de lectrice, je suis revenue à Lévi-Strauss. Je n'ai pas oublié de le faire lire à mes élèves de première quand je suis devenue professeure de français à mon tour.

Bien des années et des métiers plus tard, dans le théâtre que je dirige, j'assiste à la première de *Flammes*, d'Ahmed Madani. La pièce commence par un long extrait de *Race et histoire* que Ludivine Bah, seule en scène, debout et libre, adresse au public sans le lâcher des yeux. Puis la jeune actrice explique que ce livre, qu'elle a découvert en première grâce à son professeur de français, a changé sa vie.

Dans l'intimité de mon fauteuil rouge, protégée par l'obscurité, je retiens ma respiration et je souris.

NÈGRE BLANC

J'ai dix-huit ans. Mes professeurs me conseillent une classe préparatoire. J'hésite – personne n'a encore jamais fait ce genre d'études dans ma famille. Mes parents m'encouragent.

Dans la classe d'hypokhâgne du lycée parisien où j'ai été admise, je ne suis pas chez moi. Tous les élèves, des filles pour la plupart, ont des parents psychologues, professeurs, médecins, diplomates et d'autres métiers que je ne connais même pas. Il flotte dans leur regard une sorte de brouillard quand j'annonce fièrement que mon père travaille chez Renault.

Mon seul ami s'appelle Jean-Marie Théodat et il est Haïtien. Il vit rue des Saints-Pères dans le cinquième arrondissement, au dernier étage d'un immeuble haussmannien où des connaissances de ses parents mettent à sa disposition une chambre de bonne de neuf mètres carrés. Leur appartement fait tout le tour de la cour, je n'ai jamais rien vu d'aussi grand. Moi, je suis interne au foyer des lycéennes de la rue du Docteur Blanche, métro Jasmin.

Avec Jean-Marie, mon monde s'élargit: il me parle de Toussaint Louverture, de divinités vaudous et des peintres du Cap-Haïtien. Au Portugal, où nous voyagerons l'été suivant avec Jojo la percussionniste, les gens s'adressent à lui en portugais, persuadés qu'il vient du Cap Vert, d'Angola ou du Mozambique, les anciennes colonies de l'époque impériale.

Il y a tellement de choses que j'ignore.

En cours, Jean-Marie est un contradicteur brillant de notre professeure de géographie, une vieille excentrique qui ne cache pas ses préjugés raciaux. Agacée par l'intelligence de cet élève haïtien qui fait clocher sa vision du monde, elle s'exclame un jour en plein cours : oui mais toi, tu es un Nègre blanc ! La main pivote sur le poignet en un geste qui disqualifie d'avance toute tentative de contestation. Cela met Jean-Marie dans une colère folle et moi avec, même si je ne saisis pas vraiment toute la portée du propos.

MÉLOMANES

J'ai vingt ans.

J'ai quitté la classe préparatoire pour l'Université de Rouen, que je fréquente en alternance avec un collège où je suis surveillante.

Quand je découvre que les études littéraires s'organisent en périodes historiques, je me laisse séduire par le 16e siècle tardif: les hécatombes sanglantes de la poésie protestante et les *Cannibales* de Montaigne me semblent suffisamment éloignés de moi pour mériter toute ma curiosité.

Je suis distraite de ma jeune passion pour la Renaissance par un étudiant qui m'ouvre les yeux sur des subtilités du théâtre de Molière que je n'avais pas encore soupçonnées. Quand nous faisons plus ample connaissance, je découvre avec plaisir qu'il aime aussi le jazz et la musique soul.

Ni l'un ni l'autre n'avons tellement le sens de l'amour exclusif. Nous flirtons en cachette de nos boy et girlfriends officiels en écoutant Kip Anrahan et Miles Davis. Nous avons de longues conversations sur les outrances du baroque, les mystères du désir et Roland Barthes. Nous entretenons une correspondance inspirée des *Fragments d'un discours amoureux*. Nous adorons Daniel Day-Lewis dans *L'Insoutenable légèreté de l'être* et John Malkovich dans *Les liaisons dangereuses*.

Nous nous quittons un jour comme nous nous sommes connus: sans drame.

Bien des années plus tard, je le croise sur Facebook. Je ne cherche pas à le revoir, mais je regarde avec curiosité ce qu'il poste sur sa page. Entre deux portraits d'un chat angora qu'il semble aimer plus que tout, je trouve des clips de Kendrick Lamar et de Dafuniks.

J'écoute.

TUTU

On dirait qu'une main a relevé au fusain l'arête faciale du crâne, dessinant d'une ligne les traits du visage qu'un projecteur pleine face éblouit de son éclat (on voit son double reflet dans les pupilles noires). Pourtant, l'œil n'est agité d'aucun cillement.

Ce n'est pas moi que Miles Davis regarde, depuis la pochette de son nouveau disque. Habité par une détermination venue des profondeurs historiques, il semble fixer à l'horizon une promesse de revanche.

Aucun sourire n'éclaire le tracé parfait de la bouche, fermée comme le regard. L'ombre cache le bas du visage. Le menton est invisible.

Sommes-nous devant un portrait de Miles Davis ou face à l'empreinte mortuaire d'un roi d'Égypte au temps de Néfertiti ?

J'ai du mal à soutenir le regard du masque d'ébène qui luit d'intensité.

Je crois qu'il me fait peur.

AMATRICE

J'ai vingt-deux ans.

Les trois grands frères de ma meilleure amie (toujours la même) pratiquent la musique en amateur. J'ai une préférence pour le saxophoniste. J'ai laissé tomber la guitare mais comme j'aime toujours autant chanter, nous montons un groupe où j'interprète des standards.

Sur *Lullaby of Birdland*, j'improvise comme Sarah Vaughan mais c'est *Kind of Blue*, de Miles Davis, que je préfère.

Tous les étés, nous partons en bande au festival de jazz de Vienne, dans la vallée du Rhône. Il ne pleut jamais et nous ne faisons pas de camping, une de nos amies nous accueille dans une maison de famille dans les Monts du Pilat.

À la discothèque de mon quartier, je n'emprunte plus que des disques de jazz. Comme je n'y connais rien, je les choisis d'après la pochette. J'aime bien celles du label Blue Note.

C'est un peu comme avec les livres: il faut que tout y passe.

REVANCHE SOCIALE

J'exerce déjà mon métier de professeure dans des collèges de l'académie de Rouen quand je me décide à tenter l'agrégation.

La première fois, c'est un ratage en règle dont je pleure de dépit.

L'année suivante, en 1988, la poésie complète de Léopold Sedar Senghor est au programme. *Que m'accompagnent kôras et balafong* sert de support à l'épreuve écrite de grammaire et stylistique. La question lexicale tombe sur le mot « swing ». Je me dis que ce mot est un signe et que j'ai de la chance.

Je suis au festival de Vienne quand les résultats tombent. J'appelle depuis une cabine téléphonique une collègue partie voir à Paris la liste des reçus. J'ai encore les dernières notes du concert de Sarah Vaughan et Dizzie Gillespie dans l'oreille quand elle m'apprend la bonne nouvelle.

Pour moi, l'agrégation restera liée à Senghor, à un amphithéâtre romain éclairé par la pleine lune, à Sarah Vaughan, à Dizzie Gillespie et au swing.

HELLÈNE

Dans *Peau noire, masques blancs*, Fanon raconte l'effet que provoque sur lui le célèbre aphorisme de Senghor : un mélange de soulagement – un pan entier de l'expérience humaine lui revient en propre, et d'atterrement – le voilà réduit à son corps et à ses affects, sans plus d'accès possible au monde de la rationalité.

L'émotion est nègre comme la raison est hellène.

Quand je lis cette formule pour la première fois, je n'ai pas encore lu Fanon, j'ai vingt-quatre ans et je ne la comprends pas très bien. L'idée que je sois du côté des Hellènes ne m'effleure pas un instant. Je ne vois d'ailleurs pas très bien à quoi renvoie cet adjectif. Je ne me sens ni grecque, ni antique, ni particulièrement raisonnable. Il me faut effectuer toute une gymnastique intellectuelle pour tenter d'imaginer ce qui se cache derrière cette phrase au balancement binaire.

L'émotion est nègre comme la raison est hellène.

Je finis par comprendre que la partition proposée par Senghor entre dans une stratégie de reconquête. Pour revendiquer son humanité dans une époque où « les Hellènes » la lui dénient en bloc, il en invente une variante. Il tente d'entrer en humanité par une autre porte – au risque d'assigner tout son peuple à la porte de service.

Je ne me sens pas plus à l'aise d'être rétrécie à mon activité rationnelle que Fanon à son activité émotionnelle.

Me voilà enfermée dans la chambre froide de la raison.

J'y grelotte et je m'y ennuie.

IMMERSIONS

Quitte à chanter, autant suivre des cours. Marie-Ange Cousin, ma professeure de chant, devient ma meilleure amie. Elle interprète les standards du rhythm & blues comme une américaine et improvise comme Cassandra Wilson. Elle vit avec un saxophoniste à la mélomanie radicale. Hors John Coltrane et Cecil Taylor, Marc soupçonne presque toute la musique d'être vendue à l'industrie et au grand capital. Il peut se mettre dans des colères bleue, noire, rouge, on ne sait plus à quel endroit de la gamme chromatique les placer tant elles sont violentes et imprévisibles, contre tous ceux qui trahissent l'esprit libertaire du jazz afro-américain des années 1960 – et ils sont, selon lui, nombreux. Mais il copie avec une gentillesse touchante des disques compacts qu'il m'offre en me couvant d'un regard protecteur, non sans avoir pris soin de glisser dans l'étui plastique une photocopie-couleur de la pochette originale.

Dans le sillage de Marie-Ange et Marc, je fréquente le petit monde du jazz rouennais et je m'y sens bien.

Le saxophoniste Laurent Dehors vient de fonder Tous Dehors et c'est dans l'effervescence de ce grand orchestre naissant, auquel je propose bénévolement mes services pour faire je ne sais pas encore quoi, nous verrons bien, et nous ne mettons guère de temps à trouver, que je fais connaissance avec Christophe Monniot (qui est encore étudiant au conservatoire) et Denis Charolles (qui est encore le batteur de

Little Bob). Nous passons des nuits entières à écouter *Blasé*, un disque d'Archie Shepp sorti en 1969. Sur *Sophisticated Lady*, la voix de fausset de Jeanne Lee qui se débat avec la mélodie nous enchante. Ses errements dans les harmonies et sa tessiture flottante nous semblent se marier à merveille avec le tranchant du saxophone de Shepp.

TRÉSOR CACHÉ

J'enseigne désormais le français dans un lycée de la banlieue de Rouen. C'est l'été, je corrige les copies de bac des élèves d'une filière technologique. Je suis excédée par l'absurdité d'un examen qui les accule à rendre des pages médiocres alors que je sais très bien, pour avoir enseigné toute l'année au même genre de public, que les personnes qui ont écrit ces copies sont normalement intelligentes, pleines de ressources, de joie de vivre et d'énergie. Les méthodes de sélection d'une école qui m'a pourtant formée me révoltent. Pourquoi organiser l'humiliation en règle de ceux que la vie n'a pas dotés du capital culturel des dominants? Pourquoi toujours sanctionner les manques au lieu de valoriser les savoir-faire? Je me doute bien que ça ne servira à rien, mais j'écris une longue lettre au ministre de l'Éducation nationale (c'est Jack Lang à l'époque), pour lui faire part de mes critiques et de mes propositions. Une dizaine de pages manuscrites, un timbre, un accusé de réception: mes collègues se moquent de moi, je me sens un peu ridicule, mais je suis soulagée de m'être délestée de ma colère. À ma grande surprise, quelques mois plus tard, le ministère m'appelle pour m'inviter à participer à un groupe de réflexion qui doit rénover les programmes de lettres du secondaire et leur évaluation au baccalauréat.

L'inspecteur général qui anime ce groupe milite pour que la lecture des littératures francophones soit rendue obligatoire à toutes les étapes de la scolarité française. Je me rends compte en l'écoutant exposer ses intentions que je ne connais rien à la littérature francophone. Je ne suis même pas sûre d'être capable d'en fournir une définition acceptable. Les autres membres du groupe sont plus ou moins dans le même cas que moi. L'inspecteur propose de nous fournir des listes. Je trouve que c'est une très bonne idée. Je me jette sur ses listes et je commence.

Méthodiquement.

C'est comme découvrir un trésor planqué sous une latte de plancher de l'appartement où l'on vit depuis toujours sans avoir jamais rien su de son existence. Je me demande pourquoi on m'a caché tout ça.

Je fais profiter ma mère, qui les apprécie autant que moi, de mes nouvelles trouvailles.

Pourquoi les littératures afro-caribéennes ont-elles eu ma préférence depuis ce moment fondateur ? Faut-il y voir un banal attrait pour l'exotisme hérité de l'imagerie coloniale ? L'effet, au contraire, de la puissance des cultures colonisées s'emparant en retour de l'imaginaire des colonisateurs ? Y avait-il déjà en moi le désir d'explorer, dans la littérature et la langue, les fissures que je voyais poindre dans l'universalisme républicain tel qu'on me l'avait inculqué ?

DOUBLE VIE

Amadou Hampâté Bâ est le premier d'une longue série d'auteurs et d'autrices dont la double culture va durablement m'impressionner au point de constituer pour moi une forme d'idéal.

Né vers 1900 à Bandiagara, au Mali, élevé dans les traditions Peul, Toucouleur et Bambara au sein d'une famille de noble lignée au destin contrarié, formé à l'école coranique depuis l'enfance, « réquisitionné » pour l'école française en tant que fils de chef, Amadou Hampâté Bâ suivit aussi l'enseignement soufi de Tierno Bokar. Il occupa divers postes dans l'administration coloniale, fit œuvre d'anthropologue en accomplissant un monumental travail de collecte des cultures orales, fut l'ami de Théodore Monod, siégea au conseil exécutif de l'Unesco. Il était polyglotte et consacra sa vie à la défense et illustration des grandes civilisations précoloniales du sud du Sahara. *Amkoullel, l'enfant peul*, la première partie de son autobiographie, paraît l'année de sa mort, en 1991.

Amkoullel m'ouvre les portes d'un monde dont j'ignore tout. On n'y trouve ni sauvages en peaux de bêtes ni enfants faméliques dans des camps de réfugiés, ni prostituées mineures peuplant les rues de quartiers interlopes ni danseurs en transe se livrant à des rites flous dans la nuit noire. Pas de folklore, pas de sensationnel, mais un ample travail de mémoire et de documentation qui rend compte de la capacité de résilience des sociétés subsahariennes ébranlées par l'occupation coloniale.

L'univers que décrit Hampâté Bâ est solaire, habité de personnalités fortes et dignes qui ne se laissent pas abattre par les coups du sort, qu'ils soient fomentés par le hasard, les rivalités de clan ou la pression coloniale. Les enfants, qui passent des journées entières à vivre entre eux au sein d'associations appelées *waaldés*, ont l'air beaucoup plus libres et responsabilisés que chez nous. L'atmosphère des familles élargies, avec leurs ménages polygames, leurs divorces et leurs remariages, leurs adoptions ou répudiations, le rôle qu'y jouent les amis, oncles, tantes et maîtres spirituels, me semble plus respirable que celle des familles à l'occidentale. Les enfants passent d'un référent adulte à l'autre apparemment sans drame, l'amour fusionnel n'est pas de mise et chacun semble sortir plus fort de cette multiplicité de liens qui se tissent et se complètent. Kadidja, la mère d'Amkoullel, m'impressionne, avec son talent de femme d'affaires et son caractère bien trempé. À bien des égards, le monde d'Amkoullel me semble plus intéressant que le mien. Je perçois aussi toute la violence sociale et politique qui le traverse, dont Amadou Hampâté Bâ n'omet pas de parler, mais elle ne me semble pas plus brutale que celle à l'œuvre dans le mien.

Je vois surtout à quel point Hampâté Bâ me prend par la main, décryptant pour moi les codes de la société qui l'a fait homme avec érudition, subtilité et humour, pour m'aider à l'accepter telle qu'elle est au lieu de la juger. Je comprends qu'il écrit, avec beaucoup de patience et sans acrimonie, pour des lecteurs européens qui n'auraient pas encore saisi que l'Afrique était déjà civilisée avant qu'ils viennent la coloniser.

Message reçu.

Amkoullel est l'un des rares livres que je donne à mon père, qui n'en lit pas souvent, des livres, hors quelques titres sur la Seconde Guerre mondiale et la navigation au large. Il ne m'en dira pas grand-chose, en tous les cas rien qui ressemble à la révélation que j'espérais. Mais il s'enthousiasme pour l'enfance farceuse et chapardeuse d'Amkoullel qui ressemble tant à la sienne. Il a particulièrement apprécié l'expédition qu'il entreprend avec sa *waaldé* vers le quartier où vivent les Blancs-Blancs pour aller vérifier la couleur de leurs excréments (blancs ou noirs ? *that is the question*). Il en rit encore de bon cœur en me re-racontant l'épisode. Il faut dire qu'Hampâté Bâ lui-même s'est visiblement beaucoup amusé à le rapporter dans tous ses détails.

Avec ce livre, Amadou Hampâté Bâ a fait doublement mouche : il a réussi à m'enseigner les rudiments de la pluralité des mondes et à me rapprocher de mon père par l'enfance et par le rire. Bien après sa mort, il continue d'exercer son incroyable talent de pédadogue-passeur-tisserand entre les civilisations et les générations.

CHEMIN DE SABLE

Je ne me souviens plus exactement quand j'ai lu *Riwan ou le chemin de sable*, de Ken Bugul, mais ce devait être quelques années plus tard, puisque ce livre a reçu le Grand Prix de l'Afrique noire en 1999 et qu'à cette date, je n'exerçais déjà plus mon métier de professeure. Ce dont je me souviens en revanche, c'est du grand bouleversement intérieur qu'il provoqua en moi.

Ce que je croyais savoir de la polygamie avait déjà été sérieusement questionné par Amadou Hampâté Bâ. Mais c'était le point de vue d'un enfant qui s'exprimait dans *Amkoullel*, choyé par les coépouses de sa mère ; le point de vue d'un homme aussi, qui trouvait tout naturel que l'autorité mâle s'exerce sur les femmes et voyait dans le mariage polygame une modalité de régulation du corps social qui permettait, en outre, l'inclusion des femmes et des enfants que la vie avait privés de protection ; le point de vue d'un homme par ailleurs tellement engagé dans l'éloge des modes de vie sahéliens dénigrés par le colonisateur qu'on pouvait le soupçonner d'avoir un peu embelli le tableau. *Une si longue lettre* de Mariama Bâ, que j'avais lu entre-temps, avait tempéré cette vision idyllique par une description plus conforme à ce que j'imaginais des souffrances et des frustrations vécues au sein d'un ménage polygame.

Qu'une Sénégalaise « émancipée » fasse le choix de revenir s'installer dans son village natal pour y devenir la 28e épouse d'un marabout, un Serigne comme on l'appelle là-bas, après avoir occupé de hautes fonctions dans des institutions internationales et longtemps vécu en France, voilà qui me semble cependant parfaitement incompréhensible.

C'est pourtant cette histoire (la sienne) que raconte Ken Bugul dans *Riwan*, depuis la cour des femmes qu'elle traverse chaque jour après avoir emprunté le chemin de sable qui conduit de la concession de sa mère à celle de son mari, entrecroisant son histoire avec celle d'autres épouses du Serigne. Le regard tendre, admiratif ou inquiet qu'elle porte sur ses coépouses, et en particulier sur une jeune fille tourmentée du nom de Rama, n'est pas la moindre des forces de ce récit qui, tout en documentant un mariage polygame avec ses heurs et ses malheurs, fait l'apologie de la puissance et de la liberté des femmes africaines.

Ken Bugul affirme en effet que c'est au cours de cette période de sa vie qu'elle a paradoxalement fait l'apprentissage de sa liberté. Là, dans la cour des femmes, où chacune devait s'occuper à autre chose « en attendant son tour d'être appelée », elle dit avoir pris conscience qu'elle devait chercher le sens de son existence en elle-même au lieu d'attendre qu'il lui soit révélé par un homme qui la compléterait exactement – un idéal d'amour voué à l'échec.

Étrangement, la jeune féministe que je suis n'a pas à se faire violence pour accueillir ce texte qui rayonne d'intelligence et de sensibilité. Ken Bugul invite avec douceur sa lectrice (car c'est de toute évidence pour les femmes que ce texte est écrit) à mettre de côté l'idéologie et les idées déjà faites. Il ne s'agit ni d'expliquer, ni de justifier, ni de contredire. Il s'agit d'accepter la puissance de l'expérience confiée à ce récit, sans la juger ni la disqualifier par l'ironie. La polygamie n'est d'ailleurs pas le sujet principal de *Riwan*. Ou plutôt, *Riwan* n'est pas une justification de la polygamie, un plaidoyer qui viendrait s'inscrire contre la doxa occidentale de la famille nucléaire. Ce dont Ken Bugul parle dans ce roman, c'est de la difficile conquête par chaque femme d'une « chambre à soi », quel que soit le contexte où le hasard l'a fait naître.

C'est par d'autres itinéraires de déceptions ruptures et joies que je me débarrasserai, à ma manière et petit à petit, de cette affaire de prince charmant qui obscurcit le devenir des petites filles. Sur mon chemin de sable à moi, je croiserai souvent Ken Bugul et Rama. Et Björk, dont j'écouterai bientôt en boucle la voix de troll et les samples électro dans *Immature*, une de mes chansons favorites.

How could I be so immature
To think he could replace
The missing elements in me?
How incredibly lazy of me.

Riwan fonctionne aussi comme une alerte arrimée à mon idéal naissant : métaphoriquement, le chemin de sable est celui que suit la narratrice, engagée dans la fragile reconstruction d'une conscience que l'exil a éparpillée. En s'éloignant des siens dans l'espace et dans les signes, elle a fait la douloureuse expérience de la perte de soi. Le Serigne, qu'on vient consulter de très loin pour bénéficier de ses enseignements, est pour elle l'artisan d'une réconciliation qui passe par le retour aux sources, la conversation, l'amitié et la sexualité.

FREE JAZZ

J'ai vingt-cinq ans.

Mon goût pour l'improvisation et mon inclination pour l'amour libre me jettent dans les bras d'un riche collectionneur. De femmes, de verrerie française et de disques de jazz. Dans son système à lui (un mariage bourgeois qui s'autorise des arrangements avec la fidélité, une sorte de variation occidentale sur la polygamie), c'est parfois « mon tour » de l'accompagner aux ventes aux enchères, chez les disquaires ou dans les festivals.

Chez lui, les murs sont couverts de disques. Il y a là presque toute la discographie du free jazz américain, flanquée d'une bonne partie des recherches du jazz européen. Dans son auditorium, il est plutôt strict sur les questions de fidélité. C'est sur un matériel hi-fi très haut de gamme que nous écoutons en silence ses musiques préférées.

J'aime l'urgence qui irradie de *Freedom Now Suite*, désormais mon disque favori. Dans un long cri aussi envoûtant que dissonant, Max Roach et Abbey Lincoln y embrassent la cause des Noirs Américains qui luttent pour les droits civiques et, avec *Tears for Johannesburg*, celle des Sud-Africains qui luttent contre l'apartheid.

Je sens que mes choix de vie et ma toute nouvelle culture musicale m'éloignent du monde où j'ai grandi. Je me persuade qu'il me faut couper les ponts. Désormais, je regarde de haut les folksongs de ma jeunesse, sans parler de la musette de mon vieux père.

Un jour que mes parents me rendent visite, je mets sur la platine un disque de Roland Kirk. Mon père dresse l'oreille et, d'une timide voix de ténor, se met à fredonner des paroles françaises sur *Domino.* « On dansait là-dessus à la libération », dit-il en entraînant ma mère pour quelques pas de valse.

Cette petite danse dans le salon agit sur moi comme un pied de nez de la vie qui me remet à ma place et m'invite à la nuance avec une sorte d'élégance joyeuse : non, le jazz américain ne m'avait pas attendue pour infiltrer la culture populaire française ; non, on n'est pas forcément sommé de choisir entre d'où l'on vient et où l'on va ; et non, on n'a pas besoin d'être collectionnée pour se sentir émancipée.

EVIDENCE (2)

Charlotte Swerin fait un éblouissant portrait de Thelonious Monk dans *Straight no Chaser.* On y voit le pianiste tourner en rond sur lui-même comme un derviche, jouer, jouer, jouer, enregistrer. Il parle, aussi. De sa musique et de son existence misérable dans l'Amérique ségrégationniste.

Le compositeur d'*Evidence* (un morceau d'une telle sophistication rythmique et mélodique que j'en ai la chair de poule quand j'y pense) explique qu'il porte une chevalière à chaque doigt pour résister à la tentation de la virtuosité – disons plutôt qu'il déplace ainsi l'idée (évidente) qu'on se fait de la virtuosité.

Que Monk ait confié à dix bagues le soin de l'éloigner des facilités de la technique me semble une preuve de plus de son génie. Je n'arrive pas à croire qu'un artiste de cette trempe ait pu être officiellement considéré comme un sous-homme par le pays qui l'a vu naître. Cela me semble d'une telle absurdité que je ne sais plus, de l'injustice ou de l'absurdité, ce qui me révolte le plus dans cette situation.

RÉVÉLATION

Je n'ai pas l'habitude d'aller au théâtre. Mon amie Sophie Soler me conseille de voir *La Tempête,* dans la mise en scène de Peter Brook. Je ne connais pas très bien Shakespeare, je vois vaguement qui est Peter Brook et je n'ai jamais mis les pieds au Théâtre des Bouffes du Nord.

Dès l'entrée, je suis saisie par la beauté du lieu. Avec ses allures de ruine, son plateau nu, ses balcons à l'italienne et ses murs délavés dont les rouge et ocre s'écaillent, les Bouffes du Nord vous mettent immédiatement dans un état propice à la rêverie.

Trois comédiens entrent en scène, reliés les uns aux autres par un long tronc de bambou qu'ils tiennent d'une main, comme bercés par le balancement d'une houle : je vois voguer un navire paisible. Brusquement le vent s'engouffre dans leurs costumes et le bambou, secoué de violents sursauts, les malmène et les jette à terre : je vois une tempête, je vois un naufrage. Des rameaux verdoyants s'avancent depuis le fond de scène, portés par trois autres comédiens : je vois un rivage.

La Tempête est la dernière pièce de Shakespeare : il la situe dans une île livrée aux charmes d'un magicien, un *no man's land* social et politique où apparaissent dans toute leur brutalité les rapports de domination ailleurs codifiés par les lois et les traditions. Prospero tire les ficelles de cette féérie ambiguë, faisant et défaisant à sa guise les amours et les fortunes. Il est particulièrement cruel avec Caliban, un esclave qu'il a réduit à l'obséquiosité et la traîtrise à force de soumission.

Mais en distribuant Sotigui Kouyaté dans le rôle de Prospero et David Bennent dans celui de Caliban, Brook a déplacé le propos vers la fable métaphysique. La troupe cosmopolite de Brook démultiplie la puissance shakespearienne, les acteurs sont immenses, le sens s'ajoute au sens et me voilà initiée le même jour au miracle du théâtre shakespearien et à la subtilité limpide de l'art de Brook.

(IN)CONFORTABLE

J'ai compris en lisant Annie Ernaux pourquoi j'avais un temps rejeté mes parents et tout ce qu'ils représentaient. Une étape classique dans le parcours des transfuges sociaux, contraints de se désolidariser de leur milieu d'origine au moment d'entamer leur ascension vers les classes dominantes.

Tous ceux qui ont accompli la grande traversée sociale font état des contradictions parfois douloureuses qui les agitent : la fierté d'avoir échappé aux assignations de la naissance, la tentation du reniement total, l'irrémédiable sentiment d'étrangeté, le regret de l'unité perdue et, jamais très loin, la culpabilité qui rôde.

Il y a pourtant un certain confort à chausser les bottes de sept lieues du transclasse : vous pouvez vous raconter que vous avez gravi héroïquement chaque marche de l'échelle à la seule force de votre courage et de vos neurones. Vous pouvez même vous faire croire que vous n'avez pas trahi vos origines, puisque vous n'avez fait que remplir le contrat secrètement placé sur votre tête par vos ancêtres : « Tu feras mieux que nous, ma fille. »

Encore aujourd'hui, j'exhibe assez facilement mon père ouvrier et mon grand-père illettré – oubliant au passage une grand-mère maternelle qui avait déjà fait une partie de la route en se hissant à la tête d'une petite entreprise de bonnets de fil dans son bourg de la Sarthe. Si l'on en croit Bourdieu, elle aurait pourtant dû finir comme elle avait commencé, bonne chez des bourgeois de village, à l'image de toutes les femmes de sa génération dans ma famille.

Les transfuges sociaux ont en commun avec les explorateurs de défricher des chemins que leurs semblables n'avaient pas foulés. Ils ont brisé le cercle vicieux de la malédiction de classe. D'autres diraient qu'ils sont nés coiffés.

L'hybridité sociale a ses avantages. Vous lisez des indices que les autres ne voient pas. Vous avez la prudence de la proie et l'aisance du chasseur. C'est comme parler plusieurs langues : vous pouvez passer d'un mariage ouvrier à un colloque littéraire, d'une conversation d'artistes à une réunion d'entrepreneurs, de l'entourage d'un ambassadeur à la boutique d'un épicier de quartier.

Vous êtes partout chez vous.

Vous n'êtes chez vous nulle part.

RELATIF

Elle : Tu les vois où les origines, dans cette famille-là ?

Moi : Comment ça ?

Elle : Moi je vois un papa, une maman, une maison, une voiture, un chien. Je vois une famille qui chante, qui écoute la radio et regarde la télévision. J'ai même vu passer un petit bateau. Je ne vois pas bien où est le malheur là-dedans.

Moi : Je ne te parle pas de malheur, je te parle de la vie d'une famille française des classes populaires dans les années 1970-1980.

Elle : Il y a bien trop de choses qu'on possède dans cette famille-là pour que je lui mette, moi, l'étiquette « populaire ». Les pauvres que je connais n'ont pas des vies bien rangées comme ça avec école et bibliothèque au coin de la rue. Je parie même que tu partais en vacances ?

Moi : Oui... Mais... Et le grand-père manœuvre ? Et l'illettrisme ? Et l'alcoolisme ?

Elle : C'était bien avant toi. Tu n'en as pas souffert.

Moi : Tu as raison. Mais laisse-moi quand même continuer. J'essaie d'exposer l'imprévisible qui m'a faite et les histoires que l'on m'a racontées. Ça a son importance pour la suite.

CAHIER

C'est l'été, je prépare mes cours de rentrée pour les élèves de « l'option Lettres en Terminale L », fraîchement issue des travaux du groupe de réflexion auquel j'ai participé au ministère. C'est sur notre préconisation que le *Cahier d'un retour au pays natal* et le *Discours sur le colonialisme* font leur entrée au programme officiel de ce nouvel enseignement. Je me plonge dans la lecture d'Aimé Césaire.

C'est la première fois que l'esclavage et la traite ne sont plus de lointains faits historiques rapportés dans les livres, mais la chair de l'épopée tragique de tout un peuple marqué au fer rouge de l'humiliation. Césaire assume tout en bloc, l'horreur des tortures subies, la honte de l'infériorité consentie, l'aliénation incrustée au plus intime. Sur ce terreau pourri, il édifie pourtant un promontoire d'où il chante la fierté retrouvée de « la négraille, debout et libre ».

Je me souviens de la lecture du *Cahier* comme d'une immersion dans un océan de poésie où de grandes lames de mots d'idées d'images déferlaient sur moi en ouragan tropical. Je m'en souviens comme d'une leçon d'empathie universelle.

Je m'en souviens comme d'un chant de transe dont je percevais intuitivement la force sans toujours la comprendre. Une plongée vers les hauteurs. Un texte un peu trop grand pour moi qu'il m'a fallu apprivoiser avant de l'enseigner, et encore, j'en avais des sueurs froides avant d'entrer en classe.

Je me souviens du *Cahier* comme d'un sentier escarpé vers les cimes, qu'on prend son temps pour gravir, s'arrêtant régulièrement pour respirer, embrasser l'horizon et mesurer la distance parcourue, avec au cœur la patiente impatience de la promesse du col.

JOKER

Une civilisation qui ruse avec ses principes est une civilisation moribonde. C'est la tête enfouie sous le fumier que les sociétés moribondes poussent leur chant du cygne.

Le geste décisif est ici de l'aventurier et du pirate, de l'épicier en grand et de l'armateur, du chercheur d'or et du marchand, de l'appétit et de la force.

Les premières pages du *Discours sur le colonialisme* me font l'effet d'un direct dans le plexus. La fable d'une colonisation civilisatrice, qui flottait encore dans mon imagination comme un vague possible au moins partiellement vrai, entretenu par une propagande française ancienne bien ancrée dans l'opinion et jamais officiellement démentie, s'effondre irrémédiablement dans un vacarme assourdissant.

Il faudrait d'abord étudier comment la colonisation travaille à déciviliser le colonisateur, à l'abrutir au sens propre du mot, à le dégrader, à le réveiller aux instincts enfouis, à la convoitise, à la haine raciale, au relativisme moral.

Je suis sonnée.

Mes élèves le sont aussi, sonnés, qui sortent du cours dans un silence pensif. L'un d'eux commente très sérieusement en passant devant mon bureau : « Madame, c'est chaud. »

Le colonisateur, qui, pour se donner bonne conscience,
s'habitue à voir dans l'autre la bête, s'entraîne à le traiter en bête,
tend objectivement à se transformer lui-même en bête.

C'est mon métier de mettre en lumière le talent oratoire de Césaire, d'expliciter le choix qu'il a fait du pamphlet, et de faire résonner le *Discours* avec le contexte historique de sa publication. 1950. Guerre froide. Césaire député communiste de La Martinique devenue département français en 1946. Répression brutale des insurrections de Sétif (1945) et Madagascar (1947) par des tueries de masse. Guerre contre les indépendantistes indochinois depuis 1946. Troubles en Algérie préfigurant la guerre d'indépendance (1954-1962).

Chaque fois qu'il y a au Vietnam une tête coupée
et un œil crevé et qu'en France on accepte, une fillette violée
et qu'en France on accepte, un Malgache supplicié et
qu'en France on accepte, il y a un acquis de la civilisation
qui pèse de son poids mort, une régression universelle
qui s'opère, une gangrène qui s'installe, et le progrès lent,
mais sûr, de l'ensauvagement du continent.

Ni l'analyse stylistique ni le décodage politico-historique n'enlèvent au texte de sa force. Mis à part quelques engouements un peu datés pour le communisme soviétique qui, on le sait, ne résisteront pas chez Césaire à la répression de l'insurrection de Budapest par les chars russes en 1956, l'essentiel résiste à l'affaiblissement par infiltration relativiste. Le *Discours* reste, encore aujourd'hui, un monument de colère nécessaire. Un texte qui démonte l'entreprise coloniale comme matrice du nazisme et de toutes les barbaries ultérieures. Un texte parfois visionnaire.

Tout ce bousillage, tout ce gaspillage, l'humanité réduite
au monologue, et vous croyez que cela ne se paie pas ?
L'Europe a sapé les civilisations, détruit les patries,
ruiné les nationalités, extirpé « la racine de la diversité ».
Plus de digue. Plus de boulevard. L'heure est arrivée
du Barbare. Du Barbare moderne. L'heure américaine.

Violence, démesure, gaspillage, mercantilisme,
bluff, grégarisme, la bêtise, la vulgarité, le désordre.

Il n'est plus question ici de mystérieux Hellènes qui auraient pour eux la raison et de Nègres doués d'émotion, mais de la responsabilité de la France et de l'Europe dans la destruction de civilisations millénaires pour de simples motifs de prédation et de volonté de puissance. C'est la partie du monde où je vis qui a commis ces crimes. Je suis de mon pays, et comme aurait dit Voltaire, « c'est à ce prix que vous mangez du sucre en Europe ».

Nous sommes en 1994 et les questions raciales n'ont pas encore investi le débat public comme aujourd'hui. J'arrive encore à me dire à cette époque que ceux qui ont fait ça n'étaient pas exactement mes ancêtres à moi. Je me persuade que mes origines sociales me mettent d'office dans le camp des opprimés. Je me dis que tandis que l'Europe, ensauvagée par sa goinfrerie de conquête, s'accaparait de force tout ce qui lui tombait sous la dent aux quatre coins du monde, mes ancêtres à moi se tuaient aux champs sans avoir la moindre idée de ce qui se passait en Afrique ou en Asie. Je me dis qu'à mon grand-père aussi, on a « inculqué savamment la peur, le complexe d'infériorité, le tremblement, l'agenouillement, le désespoir et le larbinisme ». D'ailleurs, est-ce qu'on peut vraiment tenir tout un peuple responsable des exactions commises par ses dirigeants ? Voilà le genre de question que je me pose à l'époque. C'est comme un joker que je me bricole avec des restes d'homme universel et de conscience de classe, un épouvantail prolétaire que je brandis triomphalement pour éloigner les oiseaux de malheur.

Donc moi, malgré l'énorme choc et la prise de conscience que déclenche la lecture du *Discours sur le colonialisme*, je ne comprends toujours pas ce que signifie ma blancheur. Et je termine tranquillement d'écrire ma thèse sur la correspondance de Julie de Lespinasse, une amoureuse douée pour le malheur qui recevait dans son salon parisien, dans les années

70-80 du 18e siècle français, toute une société cosmopolite d'intellectuels, artistes et hommes politiques du cercle de Condorcet et d'Alembert – la gauche radicale des Lumières. Pas une seule fois dans ses lettres elle n'aborde la question de l'esclavage des Noirs.

Ce n'est pas par la tête que les civilisations pourrissent.
C'est d'abord par le cœur.

DISTRACTION

Mars 2018. Je viens tout juste de me lancer dans l'écriture de *Blanche.*

Au cours d'un dîner chez moi, je raconte à des amis haïtiens et sénégalais comment j'ai enseigné le *Cahier* et le *Discours* dans ma jeunesse. Je me vante gentiment d'avoir contribué à faire officiellement entrer le Maître au Panthéon des auteurs au programme de l'Éducation nationale en 1994.

Mes amis moquent tout aussi gentiment la faiblesse de mon influence, me rappelant que les textes en question ont été officiellement retirés de cette même liste l'année suivante. C'est François Bayrou, alors ministre de l'Éducation nationale, qui en avait pris la décision.

Je proteste que non et je monte même un peu sur mes grands chevaux: j'étais prof en lycée à l'époque, je sais de quoi je parle! L'option Lettres en Terminale L avait pour but de faire découvrir aux élèves des filières littéraires les grands textes des littératures francophones et européennes rarement étudiés dans le cursus très jacobin de la tradition scolaire française. Il était prévu que les listes d'œuvres soient renouvelées tous les deux ans, c'est ce mécanisme normal que mes amis ont dû prendre pour de la censure, etc. Une discussion vive s'engage, je défends mon ex-ministère avec l'énergie de celle qui croit à la grandeur du service public, et nous finissons par sommer Google de nous départager.

Il suffit de taper « Césaire censuré au lycée » dans n'importe quel moteur de recherche pour tomber sur un papier du *Monde* qui rapporte et décrypte l'anecdote. François Bayrou a bel et bien ordonné le remplacement des deux textes de Césaire par *Les Yeux d'Elsa* d'Aragon dès 1995, une année après leur inscription au programme de l'option Lettres, pour des motifs qui varient selon les sources : Pour Odile Tobner, auteure de *Négrophobie*, Bayrou aurait réagi à l'intervention d'un député UDF à l'Assemblée nationale qui trouvait « choquante et inacceptable » l'idée qu'une œuvre osant comparer nazisme et colonialisme figure au programme de français des classes de Terminale. Selon d'autres sources, Bayrou aurait entendu les protestations de professeurs qui jugeaient l'œuvre trop difficile. Bayrou, quant à lui, avait tout simplement déclaré au *Canard enchaîné* juger Aragon « plus représentatif » de la littérature française que l'auteur martiniquais.

Mes amis continuent de se moquer de moi qui ne raconte que la moitié des histoires. Et moi, je suis atterrée : je ne me souvenais de rien.

Mais alors, de rien du tout.

Comment ai-je pu balayer un truc pareil de ma mémoire ? Comment expliquer que la jeune professeure que j'étais, tellement marquée par ces textes dont j'avais très bien perçu la dimension de brûlots – des brûlots nécessaires, mais des brûlots tout de même, ait pu à ce point passer à côté du scandale, à tout le moins du débat, qu'a dû provoquer à l'époque la décision du ministre ? Comment expliquer que celle qui vient de décider d'écrire *Blanche* n'ait pas eu une mémoire plus claire de cet événement qui aurait dû faire date dans son parcours professionnel, son itinéraire intellectuel, sa vie ?

Il se trouve que je n'ai pas eu à préparer de cours sur *Les Yeux d'Elsa* à l'été 1995. J'avais soutenu ma thèse au printemps et obtenu dans la foulée un poste de maître de conférences à l'Université de Rouen. À la rentrée 1995, la petite fille de cheminot illettré commençait sa carrière dans l'enseignement supérieur.

Les magiciens vous apprennent que la méthode la plus efficace pour faire disparaître un objet du champ de vision du spectateur est d'attirer son attention ailleurs, tout simplement. Toute au miracle de mon ascension sociale, je m'étais apparemment complètement désintéressée de ce qu'il advenait des œuvres de Césaire au programme de l'option Lettres en Terminale.

J'avais tourné la page.

LONELY WOMAN

J'ai trente ans.

Je suis amoureuse d'un musicien.

Je l'aime à la folie et lui, du bout des lèvres. L'ombre tragique d'Hermione, dont je connais par cœur les monologues éperdus, plane sur nos malentendus.

Ni les poètes maniéristes, ni Racine, ni Rousseau (puisque mes longues études l'impressionnent, je me pare comme je peux des atours de mon savoir universitaire), ni mes intrépidités de sorcière (je lui jure que je trouverai le philtre), ni mes timidités nouvelles (je suis désemparée), ni ma patience, ni ma tristesse, ni ma gaieté : rien n'aura raison de son indifférence.

Tout autour de moi, les couleurs perdent de leur éclat.

La vie est fade et je deviens transparente.

C'est le chagrin qui me propulse vers le sud, au moins autant que la décision des fonctionnaires du ministère des Affaires étrangères – où j'ai envoyé ma candidature sous enveloppe comme une bouteille à la mer. On m'avait prévenue que je n'avais aucune chance. Je me retrouve quand même classée troisième pour le poste d'attachée culturelle à Johannesburg (que je n'avais même pas demandé). Les deux autres candidats se désistent parce que cette ville a la réputation d'être une des plus dangereuses du monde. Mais moi qui n'en sais rien, je vois dans cette proposition un cadeau du ciel : j'ai vraiment besoin de changer d'air.

Dans les cantines que je fais acheminer vers l'Afrique du Sud, avec ma couette et quelques vêtements, j'ai mis des livres, ma chaîne hi-fi et toute ma discothèque – enrichie depuis cet amour triste des quatuors de Webern, des expérimentations de Luciano Berio, des sophistications de Bill Evans, d'une bonne partie du catalogue d'ECM et de *Blood Sugar Sex Magic* par les Red Hot Chili Peppers.

En somme, chacun de nous est dépositaire de deux héritages :
l'un vertical, lui vient de ses ancêtres, des traditions
de son peuple, de sa communauté religieuse ; l'autre,
horizontal, lui vient de son époque, de ses contemporains.

Amin Maalouf

Je me suis réveillée dans un lit d'osier
Je n'ai pas reconnu mon visage
Ils m'ont lavée de sauge et de jasmin
Ils m'ont dit que leur peuple est mon peuple.

Rodney Saint-Éloi

COMPTEUR À ZÉRO

J'arrive à Johannesburg en octobre 1998 pour diriger l'Institut français d'Afrique du Sud.

Comme tout le monde, j'ai entendu parler de Nelson Mandela, de l'ANC, de Soweto. J'ai lu *Une Saison blanche et sèche* d'André Brink, entendu Ladysmith Black Mambazo chanter *Homeless* avec Paul Simon, et Johnny Clegg *Asimbonanga* avec les choristes de Savuka.

À part ça, je ne sais à peu près rien de ce pays.

Les Sud-Africains que je rencontre ne situent pas toujours très bien la France sur la carte du monde. Selon les cas, ils me parlent des restes de Sarah Bartman, la Vénus hottentote, retenus dans un musée parisien qui refuse de les rendre, ou bien de Franschoek, un village du vignoble du Cap qui doit son nom à des Français venus s'installer là vers la fin du 17e siècle. Je me renseigne : c'étaient des Huguenots fuyant les persécutions après la révocation de l'Édit de Nantes en 1685. Au fil du temps, avec leurs coreligionnaires hollandais, ils ont formé la grande famille des Afrikaners.

Heureusement pour moi, l'équipe de France vient de gagner la Coupe du monde de football. Les Noirs surtout (je comprendrai plus tard que les Blancs préfèrent le rugby), quand je dis que je suis Française, me félicitent en s'exclamant : « *French ? Ah ! Zidane, Zidane !* »

À part ça, ils ne savent à peu près rien de mon pays.

RENAISSANCE AFRICAINE

Je vis dans une encyclopédie dont il me faut ingurgiter chaque page à toute vitesse.

La lumière, les gratte-ciel, les larges avenues qui traversent la ville à l'américaine, les terrils de mines d'or qui la délimitent au sud du périphérique, les taxis collectifs qui roulent à toute vitesse, les murs surmontés de barbelés plus ou moins électrifiés qui cachent les imposantes villas des quartiers blancs au nord de la ville, les *maids* qui prennent le frais assises à l'ombre sur le trottoir dans les rues vides, les marchands misérables qui vendent leurs babioles à la sauvette aux carrefours, l'étalement à perte de vue des petits pavillons de briques qui donnent à Soweto l'allure d'une banlieue ouvrière du nord de la France. Tout est nouveau. Tout m'étonne. Tout m'intéresse.

Je suis un trou noir qui absorbe tout ce qui passe.

Je vis je vis je vis. Décider dans quel quartier habiter, assister à un vernissage, faire des courses, rencontrer des éditeurs, des producteurs, des artistes, des fonctionnaires du ministère de la Culture, chercher une maison à louer, la meubler, écouter les conversations ambiantes, regarder la télévision. Prendre la route pour Pretoria, Soweto, Kathlehong, participer à une réunion à l'ambassade, nager dans la piscine publique d'Ellis Park, visiter les collections de la Standard Bank Gallery, aller au théâtre, boire un verre avec des amis : quoi que je fasse, il y a toujours au moins une inconnue cachée dans l'équation de base que je crois reconnaître.

Je lis je lis je lis. Je commence par *Long Walk to Freedom*, l'autobiographie de Mandela, et j'enchaîne.

C'est comme si je vivais une nouvelle naissance. Comme si toutes mes certitudes devaient être systématiquement réexaminées. Comme si j'avais imprimé un quart de tour à mon point de référence et qu'il ne reviendrait plus jamais à sa place initiale (le contraire de ces métaux qu'on peut tordre et modeler sans jamais leur faire oublier leur forme première).

Comme si je reprenais tout à zéro.

Pour commencer, à midi le soleil est au nord, Noël tombe en plein été et l'eau tourne à l'envers dans la bonde des éviers. Cela n'a l'air de rien, mais au quotidien, cela vous apprend une certaine réserve.

Ici, on parle onze langues officielles, le mariage homosexuel est reconnu tout autant que l'autorité des chefs traditionnels, le réseau routier est très bien entretenu mais il n'y a pas de transport public dans les villes, le pays est farci de fermiers mais il n'y a pas de marchés en plein air, la recherche médicale est une des plus performantes au monde mais la sécurité sociale n'existe pas, le droit du travail est très favorable aux salariés mais ne s'applique pas à tous ceux qui vivent de l'économie informelle, la scolarité est payante dès l'école primaire, *What's your religion*? est une des premières questions qu'on vous pose quand on vous rencontre, et la toute nouvelle constitution, rédigée par un aréopage de juristes internationaux, est réputée la plus démocratique au monde.

Ici, l'actualité, c'est la transformation de toutes les institutions héritées de l'apartheid, conçues pour bénéficier à six millions d'habitants quand le pays en compte cinquante, l'urgence et la nécessité d'améliorer la condition des *previously disadvantaged people*, la conversion de l'ANC à la démocratie libérale, la compétition économique avec le Nigeria, la violence urbaine dans les townships et les car-jacks, la Truth and Reconciliation Commission, l'épidémie de SIDA et la lutte de la société civile contre les lobbys pharmaceutiques pour la mise en circulation de médicaments génériques.

Ici, ni le siège de Sarajevo ni la construction européenne ne sont des sujets, mais on se réjouit de la paix retrouvée au Mozambique tandis qu'on s'inquiète de la guerre endémique en République démocratique du Congo et du virage vers la dictature au Zimbabwe, qui risquent de générer un afflux massif de réfugiés dans un pays où les flambées xénophobes peuvent être meurtrières.

Le monde n'est pas un si petit village qu'on voudrait nous le faire croire.

FREEWAY

Je me souviens d'avoir passé des heures, sur l'autoroute entre Johannesburg et Pretoria, à m'exercer aux clics du Xhosa pour tenter de prononcer correctement le nom des artistes que je rencontrais.

Boyzie Ceqwana
Boyzie Ceqwana
Boyzie Ceqwana
Boyzie Ceqwana
Boyzie Ceqwana
Boyzie Ceqwana
Boyzie Ceqwana
Boyzie Ceqwana
Boyzie Ceqwana
Boyzie Ceqwana
Boyzie Ceqwana
Boyzie Ceqwana
Boyzie Ceqwana

MADIBA

Mon admiration pour Mandela est sans limites. Je me promets de faire de mon mieux pour mettre ma petite pierre à l'édifice de sa *rainbow nation*. Moi qui n'ai jamais cru au racisme, moi qui ne comprends même pas comment on peut être raciste, je suis persuadée d'être la bonne personne au bon endroit.

Je porte des T-shirts Mandela.

Je dors dans une couverture Mandela.

J'ai même trouvé un jeu de *magnets*, collé bien en évidence sur mon frigo, avec lequel on peut s'amuser à habiller Mandela, au choix, d'une chemise africaine, du polo jaune et vert des Springboks ou d'un costume trois-pièces à l'occidentale.

Madiba is my hero.

Mandela peut compter sur moi.

RAINBOW NATION

Contrairement à ce que je m'imaginais avant d'y vivre, il n'y a pas que des Noirs et des Blancs en Afrique du Sud. Le pays est aussi peuplé de millions d'Indiens dont les ancêtres sont venus à la fin du 19e siècle, presque de leur plein gré, travailler dans les champs de canne plantés par les Anglais dans les collines du pays zoulou. On désigne sous le terme de *coloured*, un mot difficile à traduire en français, toutes sortes de gens à la peau brun-clair, descendants des premières nations sud-africaines (nomades Khoisan installés dans la province du Cap avant l'arrivée des Européens, pasteurs Khosas occupant les terres de l'Est avant l'invasion zouloue), ou d'esclaves originaires de l'océan Indien déplacés de force par les colons. Leur rencontre brutale avec les Blancs à partir de la fin du 17e siècle a donné naissance, malgré l'interdiction légale de tout contact sexuel interracial jusqu'à la fin des années 1980, à une importante communauté métis dont l'afrikaans est devenu la langue maternelle.

Et c'est sans parler des nouveaux candidats à l'immigration venus de tout le continent africain, des pourtours de l'océan Indien, de l'ancien empire russe ou de la Chine, pour qui l'obtention de la nationalité sud-africaine n'est encore qu'un horizon lointain.

Dans la vie de tous les jours, les Sud-Africains se servent encore des catégories raciales héritées de l'apartheid pour se désigner les uns les autres. Pourtant, être catalogué noir, blanc, indien ou *coloured* ne dit rien de vous, hormis la place que vous occupiez dans la hiérarchie des privilèges et des humiliations sous l'ancien régime. La réalité des destins individuels et la tectonique des civilisations sont évidemment beaucoup plus compliquées que ça. Plus j'en prends conscience, plus je suis fascinée, éblouie même, par tant de complexité.

Les neuf langues noires renvoient à autant de cultures et de nations dont l'histoire ne commence pas avec la colonisation et ne se confond pas avec celle des autres nations déjà là. Dans le passé, ces nations ont bâti des alliances ou se sont fait la guerre. Les enfants métisses nés de récents mariages mixtes vivront autrement que ceux qui ont vu le jour dans une famille *coloured* parlant afrikaans depuis plusieurs générations. Selon qu'ils sont arrivés de France ou de Hollande au 17e siècle, d'Angleterre au 19e ou bien de Grèce, Italie, Europe centrale, Australie, Angola, Liban à toutes les époques, selon qu'ils sont juifs, protestants ou catholiques, tous les Blancs ne voient pas les choses de la même manière et occupent une place différente dans l'échelle sociale – voire raciale : ils se regardent en chiens de faïence. Les Indiens d'Afrique du Sud, qui constituent la première diaspora du sous-continent, ont quitté la terre de leurs ancêtres bien avant la partition, et nombre d'entre eux n'y ont plus d'autre attache que mythique, un peu comme les Africains Américains avec l'Afrique.

Mes parents avaient raison : ces histoires de race sont sans queue ni tête. Dès qu'on y regarde de plus près, l'obsession de la séparation apparaît dans toute son imbécillité. Rien n'est pur. Rien n'est univoque. Il n'est de vérité que dans la nuance et dans l'hybridité. Une rumeur dit même que les Afrikaners, depuis le temps qu'ils sont là, ont forcément tous du sang noir dans les veines. Les plus progressistes d'entre eux s'en vantent, se réclamant Africains à part entière. Des Africains blancs, pourquoi pas ? Il y a bien des Européens noirs dans l'équipe de France qui vient de gagner la Coupe du monde de football.

Une campagne publicitaire pour un opérateur de téléphonie mobile s'amuse à décliner des réponses en images à la question *What makes you black*? en égrenant tous les paradoxes possibles : un Noir albinos maquillé de peintures tribales, une mama en costume traditionnel pendue à son téléphone portable, un businessman à peau brune et chevelure peroxydée, une fille blanche en dreadlocks, etc. Je trouve cette campagne drôle, libératrice, intelligente.

C'est comme si la mondialisation avait établi en Afrique australe son laboratoire microcosmique des identités disponibles, comme si chacun était libre de bricoler son kit identitaire à son idée à partir d'une infinité de combinaisons possibles. Comme si on se libérait de tous les déterminismes. Comme si je me retrouvais dans la farandole multicolore de la catéchèse de mon enfance, emportée dans la danse, grisée par le tourbillon.

J'adore ce pays, j'adore mon métier.

Je suis comme un poisson dans l'eau.

PRIVILÈGES

Les Noirs avec qui j'en parle ne partagent pas mon enthousiasme pour le point de vue du marketing sur l'identité noire. Il suffit de réfléchir cinq minutes pour comprendre que la joyeuse mosaïque affichée sur les panneaux publicitaires qui me plaisent tant n'est qu'une ruse de vendeur pour faire croire à la liberté de choisir. Une tentative habile pour se débarrasser de l'histoire et présenter la consommation comme une solution politique.

En regardant autour de soi, on peut constater au quotidien que les traces de l'apartheid suintent par tous les pores de cette société où la brutalité des rapports interraciaux est aussi symbolique que réelle. Dans les restaurants, les Blancs sont à table et les Noirs au service. Les quartiers qui dégoulinent de richesse sont habités par des Blancs à 95 %. Les gens qui mendient aux carrefours sont tous noirs. Dans les avions qui circulent entre Paris et Johannesburg, la majorité des passagers sont blancs. Les victimes des meurtres par arme à feu qui font tant trembler les Blancs sont très majoritairement de jeunes hommes noirs des townships. Le travail domestique, largement répandu dans une société marquée par l'économie coloniale et le déficit de formation des Noirs lié au Bantou Education Act, conforte la majorité des Sud-Africains dans l'idée que les Noirs sont faits pour les emplois subalternes (nombreux sont les Noirs qui tiennent eux aussi pour acquis ce système bien installé depuis des siècles).

J'ai choisi de vivre à Melville, un quartier réputé pour ses cafés ouverts sur la rue et ses clubs de jazz, où se presse le soir venu une bourgeoisie urbaine relativement mixte racialement. Mon salaire de diplomate me permet d'y louer une spacieuse maison toute de plain-pied, organisée autour d'une cour plantée de cycadées. Une femme de ménage et un jardinier, déjà employés par le précédent locataire, viennent l'entretenir deux fois par semaine. L'usage veut que le nouveau locataire hérite des travailleurs domestiques attachés à la maison. Aucun contrat n'encadre leur travail, dont le salaire se paie chaque semaine en argent liquide.

J'aime parler avec Sylvia Ndiweni, la dame qui vient faire le ménage. Elle vit avec son mari jardinier à Houghton, l'un des quartiers historiques les plus riches de Johannesburg. Ils logent dans un studio sommaire, au fond du jardin d'une immense villa entourée de hauts murs, dans le coin réservé aux domestiques. Sylvia est au service du propriétaire, un vieil homme blanc revêche, depuis plus de trente ans. Elle va bientôt prendre sa retraite et veut retourner vivre dans son village, dans l'est du pays, où l'attend une petite maison qu'elle a mis toute sa vie à construire. Le vieil homme rechigne à lui verser le capital-retraite qu'une nouvelle loi lui impose de payer. Au lieu de lui en vouloir, elle l'excuse, au motif qu'il vient d'un autre temps. Quand je lui parlerai au téléphone pour essayer de le convaincre d'honorer sa dette, il me raccrochera au nez.

Sylvia a élevé quatre enfants pour qui elle a tout sacrifié. Ils s'en sortent tant bien que mal dans un contexte de chômage endémique. Elle a confiance en Mandela et espère des temps meilleurs. Mais elle m'explique que son dernier fils, un talentueux jeune homme qui vient de réussir son examen de fin d'études secondaires, n'est pas éligible aux bourses d'études mises en place par le nouveau gouvernement. En tant que travailleuse domestique, l'État la considère comme une privilégiée puisqu'elle peut faire appel à la générosité de ses employeurs. Elle n'est donc pas prioritaire pour l'aide sociale. Il y a plus pauvre qu'elle et les ressources de l'État sont limitées. Je suis abasourdie. Évidemment, je mets en place un virement mensuel qui lui permettra de financer la scolarité de son fils au Technikon de Pretoria – c'est le minimum que je puisse faire. Mais je suis atterrée par cette politique délirante qui préfère obliger les gens à demander la charité à leur patron plutôt qu'imposer aux patrons une augmentation des salaires. Comment peut-on considérer des mesures aussi infantilisantes comme des expédients acceptables, même dans un pays pris dans les affres de la reconstruction ?

Quant à moi, je prends de plein fouet les « privilèges » de Sylvia, que je compare aux miens. Je vis dans un luxe auquel ma condition de jeune universitaire ne m'aurait jamais permis de prétendre dans mon propre pays. Me voilà même en capacité de faire des dons qui consacrent ma position dominante – un don que vous ne pouvez pas rendre vous écrase autant qu'il vous aide. Ma qualité de diplomate française m'a parachutée d'emblée du bon côté de l'échiquier dans un pays dont j'ignore tout.

Je ne suis pas très à l'aise avec ces privilèges qui me sont comme tombés du ciel.

Mais tout le monde vous dira qu'on s'accommode assez bien, en général, de ses propres privilèges.

FACE B

Un soir, en rentrant du travail, je trouve la porte ouverte.

La maison a été visitée, fouillée de fond en comble. Tout ce qu'elle contenait de commercialisable a disparu : les appareils photo de l'artiste sud-africain qui partage désormais ma vie, mon ordinateur, le sien, tout le petit électroménager, tous mes vêtements.

Les voleurs n'ont pas pris un seul livre mais ils ont emporté toute ma collection de disques. Sans trier. Ils auraient eu le temps : ma maison est la seule de la rue (et sûrement de tout le quartier) à ne pas être équipée d'un système d'alarme relié à une compagnie de sécurité qui vous envoie ses hommes armés à la moindre alerte.

Tandis que celui qui deviendra bientôt mon mari tempête, je contemple les rayonnages vides. Je pense aux voleurs inutilement chargés d'un stock de jazz français d'avant-garde parfaitement invendable. Je pense à toutes les signatures amies envolées avec les pochettes disparues.

Abîmée dans la déception, je ne vois pas encore le signe.

Les voleurs ont fait de la place.

Avec ma discothèque aussi, je vais pouvoir tout recommencer à zéro. Miriam Makeba, Brenda Fassie, Vusi Mahlasela et tous leurs amis vont pouvoir venir prendre leurs aises sur mes étagères.

AFRIKANER

Mille trois cent neuf kilomètres séparent Johannesburg de Port Nolloth, port diamantaire oublié sur la côte atlantique. Il faut emprunter la N14 sur environ mille kilomètres, passer Vryburg, Upington, Pofader, bifurquer vers le nord à Springbok, puis plein ouest après Steinkopf, direction l'océan. Nous longeons le fleuve Orange une bonne partie de la route. Nous traversons de vastes plaines d'herbes sèches d'où l'on voit de très loin arriver les orages. Au cœur du Namaqwaland, nous faisons un crochet vers la frontière namibienne pour voir Pella, une oasis entourée de petites montagnes grises où se dresse la cathédrale d'une ancienne mission catholique.

Les stations-service qui jalonnent le parcours tous les cent kilomètres sont les seuls frémissements de vie humaine entre deux (toutes petites) villes. À chaque fois que nous nous arrêtons pour faire le plein, le pompiste nous observe. Son regard va de l'un à l'autre. Il finit toujours par parier sur ma carrure, mes taches de rousseur et mes cheveux blonds : c'est à moi qu'il s'adresse d'abord en afrikaans.

LE MESSAGER

Depuis des années, Freddie Nyathela se bat pour que l'industrie du spectacle – un milieu exclusivement blanc – s'engage aux côtés de son association de roadies pour l'insertion professionnelle des jeunes peu qualifiés des townships. Il serait facile pour cette industrie prospère, dit-il, de les former et de les employer au montage et démontage des scènes. Ce serait facile, en effet, mais rien de tel ne se produit et Freddie en veut au monde entier.

Malgré tout ce qu'on m'a dit de son sale caractère, de sa tendance à solliciter n'importe comment les soutiens tous azimuts et de l'état de désorganisation de son association, je décide de le recevoir. Sa cause me semble juste. L'homme qui s'assoit en face de moi, visiblement mal à l'aise dans mon bureau d'attachée culturelle, m'apparaît comme une personne intègre et sincère. Je lui propose de monter une coopération entre son association et une école de techniciens du spectacle à Paris pour des sessions de formation. Le projet répond visiblement à ses attentes et il repart avec le sourire. Au cours des rendez-vous suivants cependant, nos relations se tendent. Freddie se met en colère, comme on me l'avait prédit, et finit par me lancer l'argument ultime : « Vous les Blancs, vous êtes tous les mêmes, il n'y a rien à espérer de vous. »

Nous ?

Qui ça, nous ?

À qui s'adresse-t-il ?

J'aurais préféré ne pas entendre ce qu'il vient de me dire, mais cette fois-ci, je ne peux plus faire semblant de ne pas comprendre. Je le laisse vociférer sans protester. Par la fenêtre, au loin, j'aperçois un tsunami de tristesse à l'approche. Rentrée chez moi, je pleure sans pouvoir m'arrêter.

La colère de Freddie m'a jetée en plein ouragan, dans la tempête que je me débrouillais pour éviter, bien à l'abri dans le calme de l'œil. Freddie, lui, ne se raconte pas d'histoires d'arc-en-ciel. Il a vécu dans ce pays bien plus longtemps que moi et sait à quoi s'en tenir. Du fond de son histoire, il a posé son regard sur moi et m'a remise à ma place. Sans hésitation et sans nuances.

Freddie sait que je suis du côté de celles et ceux dont les études n'ont pas été bridées par le Bantou Education Act. Du côté de celles et ceux qui n'ont jamais eu à produire d'autorisation spéciale pour circuler d'un quartier à l'autre de leur ville de résidence. Du côté de celles et ceux qui peuvent se permettre de financer les études de leurs domestiques et croire que cela fait d'eux des personnes généreuses. Du côté de celles et ceux qui prétendent dans les dîners mondains que « plus personne ne va au centre-ville » alors que c'est de loin le quartier de Johannesburg qui ressemble le plus à Paris, avec ses marées de passants vaquant normalement à leurs occupations le long de grandes avenues commerçantes – Paris dont Freddie reviendra ému aux larmes d'y avoir vu, dans les quartiers nord, la mixité raciale ordinaire dont il rêve pour sa ville.

Pour lui, je suis du côté de celles et ceux dont on peut objectivement dire qu'ils ont profité du racisme d'État inscrit dans la loi sud-africaine jusque dans les années 1990.

Fini les jokers et les farandoles.

Voilà ce qui me fait Blanche, que je le veuille ou non.

MINORITÉ

Au Mamelodi Jazz Festival, où l'invitation de Rokia Traoré par l'Institut français nous vaut d'être présents, nous sommes quatre Français parmi les dix mille spectateurs qui passent leur dimanche à écouter de la musique en mangeant des grillades, au cœur du plus grand township de la périphérie de Pretoria. Nous sommes les seuls Blancs. Les gens nous repèrent. Ils rient entre eux, nous montrent du doigt, nous font des sourires et des signes de la main auxquels nous répondons un peu maladroitement.

Bongi Dhlomo m'invite aux compétitions de danse du dimanche à Alexandra, un *squatter camp* qui jouxte Sandton, le quartier le plus scandaleusement riche de Johannesburg. Les danseurs frappent du pied la poussière rouge d'une place en terre battue. Ils sont venus de tout le pays pour travailler dans les mines d'or et logent dans les immeubles en briquette qui délimitent le périmètre de la scène improvisée. Bongi doit partir et me fait escorter pour le reste de la journée par une personne de son entourage – on ne sait jamais, dit-elle.

Le jour du Nouvel An, je marche sur la plage de Durban avec un ami. Nous sommes les deux seuls Blancs parmi des milliers de gens occupés à célébrer le rituel zoulou du baptême à l'eau de mer. La plupart ne nous voient pas. Il n'y a rien d'amical dans l'œil de ceux qui nous regardent. Nous ne sommes pas les bienvenus. Nous décidons d'aller nous promener ailleurs.

VUE

Quand je prends la parole dans une réunion, c'est une femme blanche qui parle ; sur le tapis roulant de la caisse du Spar, mes courses sont celles d'une femme blanche ; la nuit, au Tandor, c'est une femme blanche que les autres regardent danser au son de Lucky Dube ; quand je parle avec Sylvia, une femme blanche parle à une femme noire.

Dès que je lève le petit doigt, c'est un auriculaire blanc qui prend son envol.

Ma peau blanche me colle à la peau.

Je voudrais bien pouvoir l'enlever, comme on se défait d'un manteau qui vous tient trop chaud. Délivrée de cette encombrante pelisse, je pourrais enfin vivre au cœur des choses. Je marcherais dans Hillbrow et me fondrais dans la foule. Je traverserais tranquillement Joubert Park sans qu'on me voie. Je prendrais les taxis collectifs, j'achèterais mes tomates aux vendeuses de rue et plaisanterais avec elles, comme j'ai toujours aimé faire partout où j'ai vécu, et personne ne trouverait ça bizarre.

RÉSISTANCE

Elle: Je ne suis pas spécialement blanche. Beige peut-être. Légèrement orangée même. Mais blanche? Ce n'est pas le mot.

Lui: Tu crois peut-être que je suis noir? Marron, à la rigueur. Brun si on veut. Mais certainement pas noir.

Elle: Mais toi, tu parlerais de moi comme d'une Blanche?

Lui: Et toi, est-ce que tu dirais de moi que je suis un Noir?

Elle: ...

Lui: Alors?

Elle: Tu as raison. Je le dirais sans doute.

Lui: Je le dirais aussi de toi, si cela peut te rassurer.

Elle: Mais ça ne veut rien dire!

Lui: Ce n'est pas qu'une question de couleur de peau.

Elle: Je refuse d'être enfermée dans ma blancheur.

Lui: S'il suffisait de refuser...

MISE AU POINT

On s'y fait.

On s'en remet.

On arrête de se croire l'exception qui confirme la règle.

On accepte.

On s'adapte.

On regarde, on écoute.

On essaie de comprendre.

On fait plus attention à ce qu'on dit, à ce qu'on pense, à ce qu'on croit.

On se prend en flagrant délit d'arrogance, de condescendance, de complexe de supériorité.

On se surveille.

On s'empêtre.

On oublie d'en rire (c'est dommage).

On cherche.

On apprend à vivre dans un monde différent.

Ce monde où tout le monde voit que vous êtes Blanche – et vous aussi, désormais.

ENCORE LE MOT

Après toutes ces années de bannissement, je croise une nouvelle fois le mot « Nègre » sous la plume d'Achille Mbembe, professeur en sciences politiques à l'Université de Johannesburg. Je sursaute. Le mot interdit chemine dans ses textes aux côtés du mot « race » – qui, on le sait, me fait encore plus froid dans le dos.

L'idée de race est une construction humaine et les races ne sont que des représentations historiques, dit en substance Achille Mbembe, mais on est obligé de constater qu'au nom de ces représentations (imaginaires) sont commis chaque jour des crimes (bien réels) que je ne peux ni qualifier, ni combattre, ni réprimer si je nie l'existence des races. L'idée de Nègre est un fantasme qui ne renvoie à rien de réel, mais j'en ai besoin pour dénoncer l'inégalité de traitement faite aux êtres humains à peau brune dans toutes les situations de la vie courante, émotionnelle, administrative, professionnelle. Bref, j'ai besoin du concept de race pour combattre le racisme. Et du concept de « Nègre » pour ancrer le sujet, au-delà de la couleur de la peau, du côté du social et du politique

Je suis un peu décontenancée.

Le « Nègre » de Mbembe fabrique en miroir la « Bête », le racisme viscéral profondément inscrit dans les mentalités coloniales, prompt à resurgir à la moindre occasion, tel un fantasme refoulé trop près de la surface. Il est aussi l'archétype de l'homme rebut dont les puissants s'échangent la force de travail et la vie sans son consentement.

Je flaire le piège : si on fait une concession au monstre, même pour la bonne cause, est-ce qu'on ne risque pas de le doper à la vitamine ? Est-ce que ce « Nègre nouveau » ne cacherait pas, tapi dans l'ombre, un vieux Blanc pas joli-joli prêt à se réveiller ?

Je comprends la stratégie. Même si cela ne me donne pas, à moi, le droit de m'en servir, je concède à Mbembe l'usage du mot « Nègre ».

MARIAGE BLANC

Lorsqu'il m'arrive de parler de l'homme que j'ai épousé à Johannesburg (nous avons divorcé sept ans plus tard), je sens toujours poindre une petite déception au moment où mes interlocuteurs comprennent que mon mari sud-africain était blanc. Quitte à épouser local, il eût été plus romanesque, plus radical, plus spectaculaire, sans doute aussi plus conforme à ce qu'on pouvait attendre d'une jeune Française s'enthousiasmant pour la cause, de se marier avec un homme noir. Ou Indien, à la rigueur.

Je n'ai pas choisi le bon bord.

Je me revois expliquer patiemment que sans avoir été un militant actif de l'ANC, mon mari a toujours eu profondément horreur de l'apartheid, au point d'avoir préféré quitter son pays natal tant qu'il resterait sous l'emprise du parti national. Il n'a mis fin à cet exil choisi qu'en 1994, juste après les premières élections démocratiques, refaisant le chemin à l'envers et prenant le risque économique de venir exercer son métier d'artiste plasticien à Johannesburg.

Je vois bien que cela ne suffit pas exactement à faire de lui un Sud-Africain acceptable aux yeux de mes amis (blancs et noirs confondus).

Quand ils le rencontrent pour la première fois, mes parents, eux, sont soulagés. Au téléphone, ils n'avaient pas osé me demander de quelle couleur il était, mais j'ai appris bien plus tard, avec tristesse et déception, qu'ils avaient été inquiets.

NÉE QUELQUE PART

Si le hasard m'avait fait naître blanche en Afrique du Sud, j'aurais peut-être moi aussi passé mon enfance dans un vaste pavillon de banlieue avec piscine et fait mes études dans une école privée pour filles anglophones. Nous aurions passé tous nos dimanches au Ranburg Country Club, où j'aurais entendu mes parents évoquer avec leurs amis, encore et encore, le voyage en bateau qui les avait amenés jusqu'ici depuis l'Angleterre à la fin des années 1940 et le champagne qu'on leur avait servi au passage de l'équateur. Nous aurions vécu entourés de domestiques noirs qui risquaient la prison si on les trouvait encore dans notre quartier après 18h. L'intuition que rien de tout cela n'était normal m'aurait agitée depuis l'enfance. Une fois adulte, je n'aurais pourtant rien fait pour rejoindre les mouvements de protestation qui s'organisaient dans mon pays. J'aurais épousé un médecin namibien né de parents allemands avec qui j'aurais eu deux filles, et nous aurions trouvé une certaine paix de l'âme à vivre ensemble notre foi de *born-again-christians*.

Le hasard aurait pu me faire naître dans une ferme du Karoo que mes ancêtres huguenots auraient fondé à l'époque du Grand Trek. J'aurais grandi pieds nus jusqu'à l'âge de quinze ans, parlé afrikaans avec mes parents, joué en zoulou ou sotho avec les enfants de ma nourrice, suivi l'office évangélique du dimanche, tout ça sans jamais penser à l'Europe. J'aurais embrassé l'âpre vie de paysanne et trouvé normal d'avoir tous les droits sur les journaliers qui travaillent sur ma ferme. Mes voisins et moi nous serions contentés de la fable de l'incompétence économique des Noirs pour justifier qu'autour de nous, tous les propriétaires terriens soient blancs et tous les ouvriers agricoles noirs.

Ou bien j'aurais quitté la ferme à l'adolescence pour aller faire des études en ville et je serais devenue poète et journaliste. La Truth and Reconciliation Commission, dont j'aurais été l'un des témoins autorisés, m'aurait complètement bouleversée et inspiré mon plus grand livre.

J'aurais pu descendre d'une famille juive émigrée au 19e siècle, habiter un appartement à Killarney, devenir critique d'art et décider un jour de m'initier à la médecine traditionnelle. J'aurais quitté ma famille pendant de longs mois pour suivre l'enseignement d'une femme très respectée au Botswana qui m'aurait appris à lire dans les os. Grâce à elle, j'aurais renoué le lien avec mes ancêtres massacrés dans les pogroms d'Europe centrale et me considérerais aujourd'hui comme une vraie Sangoma.

Ou bien mes grands-parents auraient été de puissants banquiers juifs enrichis par le commerce de l'or et des diamants. Mon père, lui, aurait choisi le métier d'avocat, embrassé la cause des Noirs et défendu les grands leaders de l'ANC lors du jugement de Rivonia. Moi, j'aurais tourné le dos aux diamants, aux lois et à la politique pour vivre ma vocation d'artiste.

J'aurais pu aussi naître au Mozambique, où mes grands-parents portugais seraient venus chercher fortune dans les années 1930. Quarante ans plus tard, mes parents auraient traversé la frontière pour fuir la révolution de Samora Machel. J'aurais grandi dans une petite maison de Bez Valley, un quartier de l'est de Johannesburg. J'y aurais épousé un Portugais émigré comme moi et j'aurais travaillé comme comptable dans son entreprise de construction bois et métal, finissant par oublier complètement la langue natale de mes ancêtres.

Le hasard aurait pu me jouer un sale tour et me faire naître dans une famille de petits Blancs. J'aurais vécu à Bertrams, dans une maison un tout petit peu plus grande (six pièces) que celles allouées aux familles noires de Soweto (quatre pièces) par le gouvernement national-socialiste. J'aurais détesté voir des Africains venus des quatre coins du continent louer l'une après l'autre les maisons laissées vides par mes ex-voisins partis vivre ailleurs. J'aurais laissé mes enfants jouer pieds nus dans la poussière avec des enfants noirs portant *sneakers*, sans joie, avec indifférence et découragement.

Il aurait pu faire pire, en me faisant naître dans la peau d'une militante de la minorité afrikaner qui soutenait activement la théorie du développement séparé et s'opposait dur comme fer à tout changement, préférant voir le pays sombrer dans la guerre civile que d'en donner les clés aux « Autres ».

J'aurais très bien pu naître aussi dans une famille d'Afrikaners où l'on ne partageait pas l'idéologie du parti national, tomber amoureuse d'un Noir ou d'un Indien, braver la loi et l'opinion qui m'interdisaient ensemble de le fréquenter, pour finir par l'épouser après 1994 sans en faire tout un plat.

OÙ EN SERAIS-JE AUJOURD'HUI ?

Serais-je heureuse d'en avoir fini avec la dictature fasciste et raciste, mais terriblement travaillée par la culpabilité d'avoir bénéficié des privilèges de ma condition de Blanche sous l'ancien régime ?

Tenterais-je de me sortir de l'impasse en me déclarant victime, moi aussi, de la domination du mâle blanc, dans une alliance de dernière minute avec tous les Noirs, alors que j'aurais largement participé à leur oppression en les employant à bas prix comme jardiniers, chauffeurs, femmes de ménage – c'est-à-dire en déléguant à plus dominé que moi les tâches subalternes ailleurs assignées à ma condition de femme ?

Aurais-je émigré en Australie, à l'île Maurice ou à Madère à la fin des années 1990, terrorisée à l'idée de voir mon pays aux mains des Noirs et consciente de ne pouvoir retrouver ailleurs le niveau de vie que m'avait garanti jusque-là l'apartheid ?

Continuerais-je à traiter mes ouvriers agricoles aussi mal qu'avant, bien décidée à faire comme si rien n'avait changé et à ne jamais lever le petit doigt pour faciliter l'avancement des programmes de redistribution des terres ?

Serais-je restée vivre ici parce que je n'avais pas le choix, pleine de rancœur et de frustration à l'idée d'être mise en concurrence avec des Noires plus qualifiées que moi ?

Rongerais-je mon frein, dénigrant toutes les orientations prises par les nouveaux dirigeants que je jugerais incapables, travaillée par la nostalgie et le désir de revanche?

Serais-je prête à reconnaître que j'avais profité de l'apartheid, et même que j'y avais cru, mais décidée à tourner la page (puisque c'est ainsi que va l'histoire) et à participer activement à la transformation de mon pays avec tous ceux qui veulent bien consacrer leur énergie à cette immense tâche?

PETIT REMPLACEMENT

L'assistante de direction-réceptionniste de l'Institut français est une femme blanche d'un certain âge, Sud-Africaine d'origine franco-allemande, qui vit ici depuis son enfance. Elle a embrassé une religion évangéliste dont elle est une adepte fervente. Peu de temps après mon arrivée, elle m'annonce, les yeux remplis de larmes de joie, qu'elle souhaite démissionner : Dieu lui a rendu visite la nuit passée et intimé l'ordre de partir prendre soin des orphelins du Zimbabwe.

Je lui demande de voir avec Dieu s'il accepterait un préavis de trois à six mois. J'explique que son expérience à l'Institut français m'est précieuse dans cette période de prise de fonction. Je suggère que toute l'aide qu'elle pourra m'apporter dans les mois qui viennent soit déjà mise au compte de son futur contrat avec Dieu, comme action hautement charitable.

Nous parvenons à un accord.

Six mois plus tard, quand elle part finalement au Zimbabwe – où sa dévotion à la cause des enfants en détresse a donné un sens à sa vie que les échanges culturels internationaux ne lui avaient jamais permis de trouver, j'en profite pour modifier l'organisation du travail et la composition de l'équipe de l'Institut français, un peu trop blanche à mon goût. J'embauche comme assistante une jeune Congolaise parfaitement bilingue, récemment réfugiée à Johannesburg où vivait déjà sa famille. Je tiens absolument à trouver un ou une Sud-Africain(e) noir(e) pour tenir la réception de l'Institut, ce qui n'est pas si simple : les Sud-Africains noirs ne parlent pas français, en général. Le directeur de l'Alliance Française de Soweto me recommande un étudiant qui suit des cours depuis plusieurs années, dont le profil pourrait convenir.

Au cours de l'entretien d'embauche, je lui demande d'exposer sa motivation. Il hésite un peu, s'agite imperceptiblement sur sa chaise, et finit par déclarer : « J'aimerais bien voir comment vivent les Blancs. »

Nous parvenons à un accord.

ENTRE DEUX EAUX

Nous fêtons la fin d'un projet qui a réuni des artistes français et sud-africains. Je suis invitée à Soweto pour un barbecue chez nos partenaires, des personnes importantes dans leur quartier.

Le moment revêt quelque chose de solennel. Tout le monde s'est habillé pour l'occasion. Les gens sont contents que quelqu'un de l'ambassade soit venu (c'est moi).

Je suis un peu embarrassée.

Dois-je me mêler au groupe des hommes qui ont travaillé à la réussite du projet et s'attendent à ce que je reste discuter avec eux dans l'ambiance un peu feutrée du salon, ou rejoindre les femmes en cuisine, qui chantent et rient en préparant le *coleslaw* et les salades de pommes de terre ?

Je préfère l'ambiance en cuisine.

Il faut bien que je représente l'ambassade au salon.

Je me résous à faire des allers-retours.

PLAISANTERIE

Je découvre la rumba congolaise quand le conseiller culturel à l'ambassade de France à Pretoria, Pierre Colombier, la mentionne au détour d'une conversation. Au vu de son sourire radieux et de son œil malin, je me demande s'il s'agit vraiment d'un style musical ou bien d'une plaisanterie – Pierre aime beaucoup plaisanter.

Maud et Bénédicte, deux collègues de l'Institut français qui habitent ici depuis plus longtemps que moi (et vont devenir des amies) entreprennent de me prouver que la rumba congolaise n'est pas une plaisanterie en m'emmenant la danser en ville. Les clubs congolais se trouvent dans un de ces quartiers du *Central Business District* de Johannesburg qui ont été entièrement reconquis par les Noirs, repoussant toujours plus au nord la ligne de démarcation qui sépare les riches quartiers blancs du reste de la ville.

Les grandes avenues qui traversent Hillbrow, au pied de la tour Ponti, sont déjà totalement désertes quand nous arrivons sur place, vers 21h. À l'entrée du club, des hommes armés nous accueillent et nous fouillent – en français. Ils n'ont pas du tout l'air de plaisanter, mais ça n'affecte en rien l'ambiance du club où nous dansons toute la soirée en buvant de la bière congolaise comme à Kinshasa. C'est là que s'opère ma conversion définitive à la musique de Sam Mangwana et du Tout Puissant OK Jazz de Franco.

Il m'arrive souvent de penser qu'avec l'orientation radicalement cérébrale qu'avait prise ma mélomanie après ma découverte du free jazz et des musiques contemporaines, j'aurais pu, si j'étais restée en Normandie, passer complètement à côté de toute la musique qui fait aujourd'hui ma joie.

C'est une pensée triste, et joyeuse à la fois.

MILLENIUM

Je me réjouis de célébrer le changement de millénaire dans mon pays d'adoption, avec mon mari sud-africain, en compagnie d'amis français qui ont fait le voyage spécialement. J'ai le pressentiment que nous allons vivre un réveillon inoubliable.

Nous avons opté pour le Transkei, une région que nous ne connaissons pas encore, sur la côte de l'océan Indien. Pas facile d'y trouver une maison à louer. Les Sud-Africains préfèrent visiblement y passer leurs étés dans des résidences hôtelières avec plage privée en évitant de se mêler à la population locale.

Nous, ce n'est pas notre genre.

Nous voici donc à Coffee Bay, dans une sorte de pavillon construit de bric et de broc à flanc de colline. Le verre dépoli de la véranda nous masque la vue sur la mer, mais nous savons qu'elle n'est pas loin – c'est déjà ça. Dispersées dans la verdure tout autour de nous, des cabanes en tôle et parpaings et quelques autres villas comme la nôtre. En contrebas, des maisons un peu plus grandes, entourées de jardin, abritent deux ou trois familles blanches. Sur le chemin qui mène à l'océan, un camping où des jeunes venus des quatre coins de la planète se sont donné rendez-vous pour passer le réveillon du siècle. De l'autre côté de la rivière, à bonne distance, les murs d'un luxueux village de vacances dont nous ne verrons personne sortir en une semaine.

La propriétaire qui nous accueille est ravie de mentionner que son père travaillait autrefois pour l'ambassade de France. Je me réjouis avec elle de cette surprenante coïncidence, mais mon mari reste plus réservé. Une fois la dame partie, il commente : les dates ne collent pas. Son père a probablement vécu à Paris à l'époque où le Transkei était encore un bantoustan. La maison que nous louons doit appartenir à une famille de la bourgeoisie noire enrichie par sa collaboration avec l'ancien régime.

Dont acte.

Notre hôtesse nous apprend qu'en louant la maison, nous avons tacitement accepté de louer aussi les services de Motle (qui fera la cuisine et le ménage pour nous) et de Tshepo (qui gardera notre voiture). Cette armada de serviteurs noirs ne correspond pas du tout à notre idée des vacances, mais nous comprenons qu'il serait mal venu de ne pas donner de travail à des gens qui n'ont que nous pour accéder à un peu d'argent liquide. De mauvaise grâce, nous acceptons la situation.

Le matin suivant, une crise éclate : pendant la nuit, la vitre de la voiture a été fracturée et l'autoradio a disparu. Mon mari décrète que c'est une bonne raison pour mettre fin au contrat du garde que nous n'avions de toute façon pas souhaité embaucher et qui, de fait, n'a rien gardé du tout – il paraît clair qu'il a plutôt passé la nuit à dormir qu'à garder notre voiture.

Les choses ne sauraient être si simples.

Un petit groupe d'hommes, conduits par le chef du village, ne tarde pas à venir frapper à notre porte pour nous demander de reprendre le gardien fautif. C'est son seul contrat de l'année, ce n'est pas juste de lui faire tout perdre à la première erreur. Nous devons lui donner une seconde chance. Je suis prête à tout accepter tout de suite, par paresse, pour me débarrasser du problème sans passer par la négociation, parce que de mon point de vue la somme d'argent en jeu ne vaut pas la peine d'un conflit, et sans doute aussi par culpabilité typique de « *liberal white* », comme dit mon mari, qui lui ne l'entend pas de cette oreille. Dans quelle société paie-t-on les hommes pour un travail qu'ils n'ont pas fait ? Que se passe-t-il si on embauche un peintre, mais qu'il ne peint aucun mur ? Il ne sera pas dit qu'il aura fait preuve de condescendance. Il refuse fermement de reprendre le garde. Visiblement, le chef ne s'attendait pas à ça. Il bat en retraite, mais nous sentons que l'incident n'est pas clos.

L'homme qui a servi d'interprète reste après le départ de la délégation : il explique à mon mari que le gardien endormi est le fils du chef. À la rigueur, il pourrait accepter qu'on sanctionne son fils, mais pas qu'on le prive intégralement de son contrat. Ce serait une grave humiliation qui rejaillirait immanquablement sur le chef lui-même et sur toute sa famille. Une situation vraiment impossible.

Un conseil des sages s'improvise sur le gazon, auquel participent cinq hommes du village ainsi que mon mari et le compagnon de mon amie. Nous les femmes observons toute la scène depuis un coin de la fenêtre de la cuisine, penchées au-dessus de l'évier pour mieux voir. Les hommes sont assis en tailleur au sol, en cercle, le regard grave. Chacun prend la parole à tour de rôle pour exposer son point de vue. Les palabres durent longtemps. L'accord est scellé quand le chef fait siffler son *sjambok* qui claque au sol : nous reprendrons le gardien, mais deux jours seront déduits de son salaire.

Ce fut en effet un passage à l'an 2000 inoubliable.

RANDONNÉE

À Coffee Bay comme partout ailleurs, je rêve de marcher dans les paysages. Les prairies tropicales qui ondulent vers l'océan Indien et se brisent en falaise juste avant la plage m'attirent irrésistiblement. Je convaincs mes amis de me suivre et nous voilà partis vers le prochain village, quelques kilomètres plus au nord sur la côte. J'ai pris la précaution de nous équiper de chapeaux à larges bords, de bidons d'eau et de pagnes blancs pour envelopper nos épaules : le soleil d'été n'est pas l'allié des marcheurs.

Les deux villages sont reliés par une large piste en terre qui n'a rien d'un chemin de randonnée. Les piétons (noirs) qui l'empruntent lèvent la main au passage des pickups dont on repère de loin le sillage de poussière, espérant qu'un conducteur abrège leur marche en les laissant grimper sur le plateau arrière. Plusieurs de ces *bakkies* (c'est le mot afrikaans pour pickup, le seul en usage ici pour désigner ce genre de véhicule) s'arrêtent d'ailleurs à notre hauteur, conduits par des hommes blancs intrigués par notre équipage, qui nous proposent de nous conduire à bon port. Nous déclinons. Ou disons plutôt qu'à mesure que la journée avance, je continue de décliner, fermement, sous le regard interrogateur de mes amis.

The Hole in the Wall est un peu plus loin que je l'imaginais. La piste longe la côte si l'on veut, mais trop en retrait pour qu'on voie l'océan. Nous marchons au milieu des huttes de pisé du pays xhosa dont les murs turquoise parsèment la colline de taches de couleur. Des toits de chaume s'échappe une petite fumée blanche. Les gens interrompent ce qu'ils sont en train de faire pour nous regarder passer. Certains nous montrent du doigt et rient. Une femme sort de sa maison, nous suit des yeux un instant puis va s'accroupir dans l'herbe, indifférente. Un gardien de troupeaux à cheval nous double au trot sans nous adresser la parole. Quelques enfants s'approchent et nous suivent à bonne distance.

The Hole in the Wall n'est pas exactement un village. Plutôt une plage, avec roche percée monumentale, où se promènent quelques vaches à longues cornes. Un hôtel moins fermé que celui de Coffee Bay donne sur la grève, avec ses bungalows qui se fondent dans le décor. Nous nous installons en terrasse pour prendre un rafraîchissement avant de repartir.

Au retour, nous ne refuserons pas l'offre du premier *bakkie* à s'arrêter pour nous proposer de nous reconduire. Nous rejoindrons Coffee Bay assis au milieu des outils, des parpaings et des sacs d'aliments pour le bétail, assourdis par le bruit, les vibrations et la poussière.

TOUS PAREILS (2)

Quand mes parents me rendent visite en Afrique du Sud, ils décident de rester un mois entier. Ils ont plus de soixante-dix ans, ne parlent aucune autre langue que le français, n'ont jamais fait de tourisme à l'étranger autrement qu'avec un *tour operator* et préfèrent ne pas se risquer à conduire à gauche. Je prends quelques jours de congé pour passer du temps avec eux, leur organise un voyage dans le Kwazulu-Natal et un autre dans la région du Cap avec un guide privé, mais ils passent encore pas mal de journées à m'attendre à la maison. Ils s'ennuient un peu. Un jour, ils décident de faire un tour à pied dans le quartier pour prendre des photos des magnifiques bougainvilliers qu'ils ont vus dépasser des murs clôturant les jardins quand nous les longeons en voiture. Ils ne comprennent pas bien pourquoi je les réprimande le soir en apprenant leur escapade. Qu'il vaille mieux éviter de se promener le nez au vent dans les rues de Johannesburg avec un appareil photo en bandoulière n'a rien d'évident pour eux – d'ailleurs, il ne leur est absolument rien arrivé.

Mon ami Hassan, à l'époque responsable de la communication dans un syndicat enseignant qui milite pour la gratuité des frais de scolarité à l'école primaire, me propose de les emmener à Lenasia, le quartier indien de Soweto. Il ne parle pas un mot de français, mais qu'importe? Mes parents reviennent enchantés. Ils ont sillonné la ville, rencontré des gens. « C'était formidable! » s'exclame ma mère qui m'en reparle souvent comme d'un de ses plus beaux souvenirs d'Afrique du Sud.

Le soir, mon père me prend à part, il a visiblement quelque chose d'important à me dire. Bien campé sur ses deux jambes dans un coin du salon, ses yeux dans les miens, du haut de son mètre quatre-vingt-quinze, il me raconte encore une fois qu'Hassan les a emmenés chez des gens, des gens très gentils qui leur ont offert le café. Il m'explique que chez ces messieurs-dames (il dit comme ça, « ces messieurs-dames »), il y avait un canapé, une table, un buffet, une télévision. Il a l'air un peu troublé d'avoir vu tout ça, beaucoup plus troublé que lorsqu'il est revenu du village du Kwazulu-Natal où il a dormi dans une case après avoir assisté à un spectacle de danse zoulou en pagne traditionnel.

Donc avec toutes les précautions qu'il peut et la maladresse touchante d'un père qui veut faire part à sa fille d'une chose nouvelle qu'il vient d'apprendre, une chose qu'il se rend compte qu'il a échoué à lui transmettre en temps voulu, quand il avait encore la responsabilité de son éducation, il me dit, d'une voix mal assurée et sans parler trop fort pour être sûr que personne d'autre que moi n'entende :

« Mais en fait, tu sais, ils sont comme nous. »

Je me souviens d'avoir éclaté de rire, sans doute un peu trop fort, comme si j'avais voulu lui faire comprendre qu'il avait pris bien des précautions pour défoncer une porte aussi grande ouverte. Mais peut-être ce grand rire agressif est-il aussi venu masquer l'émotion qui, je le sentais, menaçait de me submerger.

RIVER OF NO RETURN

Septembre 2002. C'est mon dernier jour en Afrique du Sud et je le passe au Zoo Lake Jazz Festival. Ce soir, je m'envolerai pour Varsovie où je rejoindrai mon nouveau poste d'attachée culturelle – puisque le ministère m'a proposé un deuxième contrat.

Un air de printemps flotte sur le parc. Je vais d'une scène à l'autre, j'écoute les concerts d'une oreille distraite. Je marche sans but au milieu des gens, un éclat de rire m'éclabousse ici, là, c'est une odeur de viande grillée. Je pose sur tout ce qui m'entoure le regard doux et sérieux qu'on a pour ce qu'on quitte à regret. La foule qui danse, la joie ambiante, les enfants qui slaloment entre les spectateurs. La nostalgie m'étreint.

Zoo Lake est un des seuls parcs publics des quartiers résidentiels de Johannesburg à n'avoir jamais été réservé aux Blancs. Aujourd'hui, les gens venus pour le festival composent une foule aussi bigarrée que celle qui déambule le samedi après-midi dans le centre commercial d'Easgate, où j'ai fait mes courses presque chaque semaine pendant quatre ans.

C'est ici, dans ce pays qui a fait de moi une femme blanche, au milieu de tous ces gens, que je me sens chez moi.

Qui vais-je devenir en Pologne ?

Et dans quatre ans, quand je rentrerai en France ?

Aurai-je cessé d'être blanche ?

Une fois sorti, je n'arrive plus à entrer dans
la boîte étroite d'une culture et de ses certitudes.

Felwine Sarr

Je voulais mener une seule vie remplie
de toutes ces vies de mon existence.

Ken Bugul

MÉLANOME

Sur ma joue gauche, près du point de pivot de la mâchoire et du crâne, le soleil sud-africain a dessiné une tache, légèrement plus large que celles qui pointillaient déjà depuis l'enfance mon visage de rouquine.

Un îlot de velours sombre aux contours légèrement flous dont j'aurais rêvé qu'il figure une carte d'Afrique, à l'endroit ou à l'envers, mais non. La tache n'a rien d'un tatouage choisi sur catalogue ou d'une élégante signature. C'est une tache, avec tout ce que le mot comporte de sale et de brouillon. Une forme informe, une couleur hésitante, un petit surgissement de laideur, le signe possible d'une peau malade, un avertissement.

« Il faudra la surveiller », me dit la dermatologue polonaise qui tente de m'en débarrasser au bistouri électrique, « c'est le genre de problème qui peut évoluer en mélanome ». Quelques mois plus tard, le grain rugueux de la tache brune a repris l'espace laissé lisse et dépigmenté par l'opération.

J'ai cessé de vouloir la faire disparaître. Je la caresse de temps en temps pour m'assurer qu'elle est bien là. Elle me rappelle que je suis partie trop tôt pour que mon épiderme maintienne son intention jusqu'à la mue, mais qu'il avait peut-être, l'espace d'un cillement, envisagé la possibilité d'un virage chromatique intégral.

EMPLOI

Les lenteurs administratives – mon visa de travail n'arrivait pas – m'ont fait rater de peu Peter Brook, venu présenter tout début septembre 2002 *La Tragédie de Hamlet* au Teatr Wielki de Varsovie à l'invitation de l'Institut français. La pièce a marqué tout le monde à l'ambassade. On en parle encore quand j'arrive enfin.

On s'extasie devant le talent de Brook – je ne suis pas la seule à être impressionnée. On parle aussi, l'œil émoustillé, de l'audace dont a fait preuve le maître en distribuant William Nadylam, un comédien à la peau noire, dans le rôle d'Hamlet.

Depuis *La Tempête*, j'ai vu d'autres mises en scène de Peter Brook. J'ai même plusieurs fois croisé le maestro en chair et en os au Market Theatre de Johannesburg, un théâtre avec lequel il entretient de longue date des relations artistiques, amicales et politiques. Je précise que je ne lui ai jamais vraiment parlé, préférant, à chaque fois que j'en aurais eu l'occasion, rester les bras ballants à l'admirer de loin plutôt qu'aller à sa rencontre. C'est donc en lisant *L'Espace vide* que j'ai compris l'influence fondatrice de la théâtralité africaine (et en particulier sud-africaine) sur son œuvre. Je précise aussi que je finirai par me convaincre, quelques années plus tard, que ma première rencontre avec son théâtre était doublement prémonitoire : de mon départ pour Johannesburg en 1998 puis de ma reconversion en directrice de théâtre en 2011, deux événements de ma vie aussi essentiels qu'imprévisibles.

À Varsovie, il n'est pas question de tout cela, mais juste du Hamlet noir de Brook. J'ai du mal à comprendre la poussée d'émotion que déclenche cette affaire. Ou plutôt, je n'ai pas envie de la comprendre, tellement elle en dit long sur l'incroyable rareté des corps noirs sur les plateaux de théâtre en Europe. C'est ainsi que l'apparition d'un Hamlet noir suscite une myriade d'interprétations plus intelligentes les unes que les autres, mais que personne ne pense que Brook ait pu choisir William Nadylam tout simplement parce que c'est un bon comédien.

C'est confirmé : je suis revenue en Europe.

TROIS POINTS DE VUE

Vu d'Afrique du Sud en 1998, l'événement marquant du premier vingtième siècle n'avait pas été la Seconde Guerre mondiale, mais la victoire des Afrikaners aux élections de l'Union sud-africaine et l'institutionnalisation subséquente de l'apartheid en 1948. Ensuite, le pays s'était affranchi de la tutelle de la Couronne anglaise ; il avait annexé la Namibie ; avec la bénédiction de ses alliés occidentaux, il avait combattu les gouvernements communistes d'Angola et du Mozambique et entretenu la guerre civile sur son propre sol. Il avait réprimé dans le sang tous ceux qui résistaient à l'ordre fasciste et raciste qu'il imposait partout, que ces mêmes alliés occidentaux considéraient comme des terroristes. La lutte organisée contre l'apartheid avait finalement réussi à renverser ce régime, grâce au soutien des mêmes alliés occidentaux qui avaient changé de camp en 1989 et fait alliance avec les ex-terroristes désormais vus comme des résistants. Les premières élections démocratiques avaient porté à la présidence de la république en 1994 un héros de cette résistance qui venait de passer plus de vingt ans au bagne de Robben Island.

Vu de Pologne en 2002, la Seconde Guerre mondiale venait à peine de se terminer. Elle avait duré jusqu'en 1989. Il avait fallu Solidarność, Wałęsa et la chute du mur pour sonner le glas de la dictature communiste héritée de l'occupation soviétique d'après-guerre. L'élimination systématique des résistants aux envahisseurs nazis et russes, la Shoah, le massacre de Katyn, la destruction de Varsovie, la perte des territoires de l'Est et les déportations massives de population consécutives au traité de Yalta, tout cela était encore très frais dans les mémoires, comme l'était encore le sentiment d'avoir été abandonné par les Alliés, une première fois en 1939 aux appétits nazis, et une seconde fois en 1945 aux appétits soviétiques.

Chez nous, la Seconde Guerre mondiale est la matière d'une épopée qui fait des Français un peuple uni dans la résistance au nazisme, un peuple de héros prêts à donner leur vie pour la liberté. Ce mythe héroïque nous permet d'oublier que les Français engagés dans la résistance étaient une minorité, et qu'ils auraient sans doute fini dans les oubliettes de l'histoire, comme leurs homologues polonais, si les États-Unis n'avaient pas débarqué *in extremis* à leur rescousse. Et nous préférons ressasser à l'infini cette matière glorieuse plutôt que nous aventurer dans les sables mouvants de la période coloniale, laissant de vastes périodes de notre histoire récente en jachère dans nos imaginaires.

MES GUERRES À MOI

Mes guerres à moi, celles qui m'ont laissé entrevoir les gouffres de violence où peut s'abîmer l'espèce, dans l'odeur enivrante du sang chaud et la joie du carnage, ne sont pas de celles qui fabriquent les grandes fiertés.

Mes guerres à moi, celles qui ont marqué ma jeunesse et construit mon idée de la nation, n'ont pas tué mes amis, éventré ma maison, violé ma sœur ni jeté mes enfants sur les routes. Ce sont des guerres d'intervention lointaine, d'avions furtifs dans des paysages de poussière, reliées à des images floues d'attaques urbaines filmées au téléphone portable. Des guerres qui masquent leurs intentions conquérantes sous des causes justes inventées de toutes pièces. Des guerres où l'on tue le plus souvent sans être tué.

Mes guerres à moi ont des gyrophares qui clignotent dans la nuit autour de scènes urbaines matérialisées à la rubalise, d'où sont évacués en urgence des corps ensanglantés sous perfusion brinquebalante. Elles font planer sur nos vies quotidiennes le spectre de la guerre civile.

Mes guerres à moi, celles dont je me souviens comme si je les avais vécues, sont celles que m'ont racontées des artistes et des auteurs qui creusent dans les décombres, retournant les cadavres abandonnés dans les rues vides, errant en quête de sens au milieu des lendemains qui pleurent.

76

Je marche dans Varsovie et je croise enfin, pour la première fois en trois mois, un « homme de couleur » (comme on dit). Je lui souris et suis presque tentée de lui faire un petit signe de la main, comme quand, loin de chez nous sur la route des vacances, nous croisions une voiture immatriculée en Seine-Maritime.

Je me ravise à temps.

Comment pourrait-il, lui, me reconnaître ?

CONTREPOINT

Pour compenser l'absence de lumière, le brouillard glacé et le monolinguisme ambiant, j'écoute à plein volume Miriam Makeba et Brenda Fassie dans mon appartement de la place Zbawiciela.

Je fréquente aussi la Philharmonie de Varsovie où je vois, pour la première fois de ma vie, des spectateurs suivre le concert avec la partition sur les genoux. À l'Opéra national, je fais connaissance avec le grand répertoire lyrique. Au festival Warszawska Jesien, je renoue prudemment avec la musique contemporaine. Je me lie d'amitié avec Jacek Hawryluk, un critique musical de la radio nationale. Il aime Lutosławski, la pop polonaise, Johnny Cash, l'electronica et les ensembles français de musique baroque, pour lesquels il a développé une passion toute spéciale.

Massive Attack débarque dans ma vie à peu près en même temps que les symphonies de Gorecki, Marc-Antoine Charpentier et la collection des enregistrements du Label Alpha.

Je les accueille avec bienveillance. Je les laisse trouver leur place dans les interstices. Mais ils sont prévenus : pas question de recoloniser entièrement mes étagères.

NOUS AUTRES

Au début du premier acte de *Wozzeck*, l'opéra d'Alban Berg (vu à la Philharmonie de Varsovie dans une mise en scène de Krzysztof Warlikowski), Wozzeck est occupé à raser son capitaine, qui le rudoie : il moque son ignorance, parle de lui à la troisième personne en sa présence, le traite d'imbécile et l'accuse d'immoralité parce qu'il a enfanté hors mariage. Le parlé-chanté du dialogue se détache sur un arrière-plan dissonant de cordes bois et cloches qui enveloppe la scène d'une violence sourde. La catastrophe est en marche.

Face au capitaine, qui se joue de lui du haut de sa morgue de petit-chef, Wozzeck se défend comme il peut. La traduction française du livret lui fait dire « Si j'étais un monsieur, avec chapeau et monocle, et si je savais bien parler, moi aussi, je voudrais bien être vertueux. Nous autres, pauvres gens, on est toujours malheureux, dans ce monde comme dans l'autre ».

Je n'ai pas cessé, depuis, de penser à ce « nous autres ».

Le « nous autres pauvres gens » de Wozzek trace la ligne de démarcation, le périmètre honteux en deçà duquel on fait foule sans tout à fait pouvoir prétendre à l'humanité. Il désigne une communauté d'exclusion. Il dit le désir jamais assouvi d'en être, l'infériorité acceptée, l'impuissance, la frustration, les horizons bouchés. Nous autres, les manants, les gueux, les servants, les foutus, les bons à jeter, les détritus de l'humanité. Nous que les déterminismes de tout poil ont pris soin de maintenir dans la soumission de père en fils et de mère en fille – de toute éternité. Nous qui mendions jusqu'au regard de ceux qui ont la chance de connaître la joie d'exister.

Si j'avais une sorte de pouvoir magique sur les mots, je changerais le sens de cette expression qui, en toutes circonstances, dit l'irréparable séparation. Je laisserais parler, au contraire, la surprenante intimité de « nous » et des « autres » qu'elle orchestre, et lui ferais dire la présence toujours là, en nous, d'un autre, d'une autre, des autres. Mon « nous autres » à moi célébrerait le fait que les communautés humaines ne puissent se perpétuer et grandir qu'à condition que la membrane qui les enveloppe et les protège reste souple, poreuse aux échanges et aux emprunts – respirante.

AFRICAN LITERATURE MATTERS

Puisque c'est dans mes attributions d'orienter les éditeurs polonais dans la foisonnante production de littérature et sciences humaines en langue française, je ne me prive pas pour les sensibiliser, entre autres, à mes trésors cachés. Les éditeurs français, qui voient vite l'intérêt d'avoir une *addict* aux manettes, m'envoient sans barguigner tous les livres que je demande (je me souviens de la Pologne comme la période de ma vie où j'avais trouvé le filon pour faire financer ma drogue favorite).

Entre deux titres polonais et trois nouveautés françaises, je poursuis donc mon exploration de la bibliothèque afro-caribéenne. Je tombe sur *L'anté-peuple* de Sony Labou Tansi. Premières lignes :

> *La première fois que la fille à lunettes lui sourit, Dadou n'y accorda aucune attention. Il se souvint seulement de la façon presque religieuse dont tout le monde l'appelait « monsieur le directeur ». Les cinglés parlaient de « citoyen directeur », mais avec la même odeur de culte. Il avait remboursé le sourire d'un petit tangage de la tête. Puis le sourire de la fille s'était répété deux, trois, quatre, maintes fois. Elle l'avait même vêtu d'un petit mouvement des lèvres que Dadou s'expliquait clairement. Mais que diable irait-il fiche dans la boue de ces petites cinglées de la nouvelle génération ? Pas qu'il fût vertueux. Un simple dégoût que ça lui donnait. Ces microbes-là, avec leurs façons de faire. Elles comptaient, à vingt ans, une centaine de petits messieurs dans les reins. Ce dédain tournait à la nausée.*

Sony a fait de la langue française sa chose. Il la malaxe avec la brutale douceur d'un artisan qui connaît chaque recoin de sa matière et peut tout se permettre avec elle. Le destin de Dadou, exemplaire directeur d'école détruit par le désir d'une très jeune fille, est la voie qu'il emprunte pour balader son lecteur des tréfonds du Congo à ceux de l'âme humaine, aux prises avec la « viande » et la « mocheté ».

Je lis le roman d'une traite, époustouflée par la puissance de cet auteur dont je n'avais jamais entendu parler. *L'anté-peuple* n'a rien à envier à *La Vie mode d'emploi*, *Beloved* ou *Cent ans de solitude*. J'enchaîne, pour voir, avec *Le Commencement des douleurs*. Même verdict. En fouinant un peu, je vois qu'à Brazzaville, Sony avait un théâtre où il montait ses textes avec sa troupe. Je trouve aussi des articles signés de sa plume sur les rapports Nord-Sud, le métier d'écrire et la marche du monde : celui qui « refuse l'homme bâclé » et n'est pas « à développer mais à prendre ou à laisser » hurle son amour de la vie « qui mérite notre entière attention » et prophétise :

> *Le bateau prend l'eau. Vous pouvez faire encore la sourde oreille devant le cataclysme écologique, vous pouvez encore cacher la gangrène économique et dissimuler l'ampleur du désarroi social, la mort de la pensée vous guette, la fin du rêve frappe à votre porte, car votre développement est moralement insoutenable, vos économies de gâchis sont injustifiables.*

Romancier, poète, dramaturge, essayiste, donc, publié en France au Seuil et chez Lansman des années 1970 aux années 1990. Figure africaine majeure. Intellectuel engagé dans son temps.

Mon ignorance à son propos commence à me sembler louche. Avec tout ce que j'ai avalé de littérature du Continent depuis plus de quinze ans, comment ai-je pu passer à côté de celui qui « parle avec trente mots d'avance sur son siècle » ? Comment se fait-il que dans ma carrière de lectrice, l'occasion m'ait été donnée de croiser Yasinuri Kawabata, António Lobo Antunes, Toni Morrison, Bohumil Hrabal et que je n'aie jamais entendu parler de Sony Labou Tansi ?

Je vérifie autour de moi : en dehors du cercle des initiés aux littératures francophones qui évidemment lui vouent un culte, personne parmi les grands lecteurs et grandes lectrices que je fréquente ne connaît l'auteur de *L'État honteux*.

C'est comme si, au lieu d'être admis à jouer dans la cour des grands où de toute évidence se trouve sa place, Sony Labou Tansi avait été relégué dans la catégorie des auteurs de niche. Comme si, au lieu de trôner au pinacle des grandes signatures littéraires de son temps, il avait dû se contenter d'un strapontin francophone à la périphérie des grands honneurs : Grand Prix de la littérature d'Afrique noire en 1983, certes – mais ni Goncourt, ni Renaudot, ni Académie française, ni Nobel, ni rien.

Pourquoi Gabriel García-Márquez et Salman Rushdie sont-ils devenus des stars internationales et pas Sony Labou Tansi ? Le même genre de question me taraudera quelques années plus tard, quand je rencontrerai l'œuvre monumentale d'Édouard Glissant.

Je veux bien que la notoriété ne soit pas une science exacte et qu'elle ne soit pas toujours articulée au seul talent. Mais on ne m'ôtera pas de l'idée que si la reconnaissance de Sony Labou Tansi n'a jamais dépassé ce qu'on peut appeler un succès d'estime, à la différence de ce qui s'est passé pour ceux de ses contemporains, en Inde ou en Amérique du Sud, qui s'étaient pareillement emparés de la langue de leur ex-colonisateur, c'est, tout simplement, parce qu'il était Noir, Congolais, Africain et qu'il était catalogué « francophone ».

Et ça, est-ce que ce n'est pas complètement « moche » ?

Je reviens en Afrique du Sud en 2014 pour signer les documents qui officialisent mon divorce – et la rupture des liens intimes qui m'attachaient à ce pays. Ma grande amie Urszula Kropiwiec (dite Ula) a proposé de m'accompagner pour me soutenir dans ce moment difficile. Nous en profitons pour voyager un peu. Dans un club de Cape Town, Ula engage la conversation avec un jeune homme qui s'extasie quand il apprend qu'elle est Polonaise: il va enfin pouvoir entendre prononcer correctement son nom de famille.

Luvuyo nous explique être le descendant d'un soldat prussien venu conquérir la Namibie il y a bien longtemps. « La Prusse avait annexé la Pologne à l'époque. Ton ancêtre devait être un Polonais enrôlé de force dans l'armée d'occupation prussienne », commente Ula. Ce soldat-là n'est jamais reparti: après avoir rencontré l'arrière-arrière-arrière-grand-mère de Luvuyo et l'avoir épousée, il s'est définitivement installé en Namibie, où il a fondé une famille. « Il avait dû déserter, précise Ula, en tant que sujet de l'empereur, on n'était pas censé quitter les rangs de l'armée prussienne du jour au lendemain, même en Namibie. » Je m'étonne – je m'émerveille, même, au récit de cette histoire d'amour extraordinaire, à une époque où les soldats des armées coloniales avaient plutôt pour habitude de prendre des concubines et de les abandonner avec leurs enfants dès qu'une occasion de rentrer au pays se présentait. « Il ne devait pas être pressé de retrouver ce qui l'attendait en Pologne, suppute Ula, c'était sans doute un petit noble sans terre, ou encore pire, un roturier promis à une vie de misère dans un pays occupé. La Namibie est sûrement ce qui pouvait lui arriver de mieux. Un cadeau de la vie qui lui est tombé du ciel. »

Cet ancêtre blanc, le seul de toute la lignée de Luvuyo, ne lui a rien laissé d'autre qu'un nom polonais imprononçable. Il l'arbore sans honte ni fierté, comme une curiosité de son histoire familiale pas si incongrue que ça dans cette partie du monde.

HONORIS CAUSA

Józef Kwaterko a fait ses études à Montréal, où il a découvert la littérature haïtienne. La scène est à Varsovie, bien des années plus tard: nous avons secoué nos chaussures de la neige accumulée sous nos semelles, nous nous sommes débarrassés de nos vêtements chauds au vestiaire, et nous voilà attablés, probablement dans l'atmosphère cosy d'un café meublé à l'antique, probablement avec notre amie Agnieszka, probablement embarqués dans une conversation animée qui roule sur notre passion commune: les littératures africaine et caribéenne de langue française.

Dans son québécois parfait – Józef est le seul Polonais que je connaisse à parler français avec l'accent québécois, il nous raconte le destin haïtien des soldats polonais de l'armée napoléonienne. C'est Józef qui parle:

« En 1794, après avoir écouté le plaidoyer de trois députés de Saint-Domingue, la Convention vote à Paris la première abolition de l'esclavage. Sur place, le général Toussaint Louverture traduit la loi en actes: il chasse les Espagnols et les Anglais, soumet les Mulâtres, décrète l'autonomie complète de l'île et promulgue une constitution qui lui octroie les pleins pouvoirs à vie.

C'est surtout ce dernier point qui met Napoléon en rogne. Il décide de mater ce qu'il considère comme une rébellion et envoie une expédition à Saint-Domingue. Il sait pouvoir compter dans toutes ses entreprises sur les légions polonaises qui ont rejoint son armée après le partage de la Pologne entre les Russes, les Prussiens et les Autrichiens. Trop heureux de pouvoir combattre les ennemis de leur patrie dans les rangs de l'armée napoléonienne qu'ils voient comme une armée de libération, les Polonais se sentent redevables et sont prêts à tout pour leur héros.

Arrivés dans les Caraïbes en 1802, nos champions de la liberté des peuples à disposer d'eux-mêmes déchantent. De toute évidence, ici, la liberté est du côté des Nègres de Saint-Domingue et pas du côté du général Leclerc. Bon nombre d'entre eux désertent et rallient la cause des insurgés. Qu'importe. En quelques mois, Leclerc finit le sale boulot, emprisonne Toussaint Louverture et le ramène en France, où Napoléon le laissera croupir dans un cachot du Jura jusqu'à ce que mort s'ensuive. Pour prix de leur trahison, il abandonne sur l'île tous les Polonais déserteurs. »

Que la Vierge noire de Czestochowa ait pu dans ces conditions rejoindre le panthéon haïtien sous le nom d'Erzulie d'Antor n'est pas si difficile à imaginer. On voit très bien aussi, quelques vodkas plus tard, en regardant tomber la neige par la fenêtre, comment il peut arriver que des jeunes filles de Petit-Goâve aient les yeux clairs et portent le patronyme de Matejuk.

Quoi qu'il en soit, depuis ce temps, tout citoyen polonais qui le souhaite peut acquérir la nationalité haïtienne sur simple demande.

COLORISTES

Je vis encore en Pologne quand je lis *L'Œil noir*. Un collègue de l'ambassade passionné d'histoire de l'art, jubilant d'apprendre que je ne connais pas encore Daniel Arasse, s'est hâté de m'offrir le recueil d'essais intitulé *On n'y voit rien*.

L'œil noir, donc, c'est celui du Gaspard de *L'Adoration des mages* de Bruegel. Au terme d'une jouissive enquête à la loupe qui tient autant de l'analyse érudite que de l'autofiction, Arasse montre que la figure du roi noir, seule porteuse de majesté dans une scène où l'emporte le traitement grotesque des visages, y atteste de « la vocation universelle de la foi chrétienne, c'est-à-dire aussi, dans les termes de l'époque, de l'humanité de tous les hommes[1] ». Puis il donne la clé de cette possible incarnation de la spiritualité la plus haute, dans un tableau de la Renaissance, par un personnage noir : c'est la pratique de la traite et de l'esclavage des Noirs par les Occidentaux qui a encouragé le développement de l'idéologie raciste, et non le contraire : la fiction de l'infériorité des Noirs, orchestrée en propagande, est venue à point nommé justifier le trafic inique.

En 1564, quand Bruegel peint *L'Adoration des mages*, le commerce triangulaire n'existe pas encore – du moins pas à l'échelle qu'il connaîtra au 18e siècle. Et la légende biblique de la malédiction de Cham, condamné à devenir l'esclave de ses frères pour avoir moqué la nudité de son père Noé, ne dit

1 *On n'y voit rien*, Paris, Denoël, 2000, p. 73.

rien encore de la couleur de peau du mauvais fils. Ce détail coloriste ne sera ajouté que plus tard, pour les mêmes raisons de justification de la traite, faisant de Cham l'ancêtre de tous les Noirs, et de son peuple un peuple maudit. En 1564, on est bien avant tout ça. Le roi noir du tableau peut donc incarner, sans que cela n'étonne personne, la supériorité spirituelle d'une humanité « restée à l'écart des pratiques matérielles perverties de l'Europe et du catholicisme romain[2] ».

Dans un colloque sur l'esclavage qui s'est tenu au château des ducs de Bretagne à Nantes en juin 2018, j'écoutais Ibrahima Thioub, président de l'université Cheikh-Anta-Diop de Dakar, raconter sa manière à lui de pratiquer au quotidien la déconstruction de l'idéologie coloriste.

La scène se passe dans une bibliothèque suédoise : Ibrahima est plongé dans l'étude d'une archive quand un homme vient le saluer, armé des bonnes intentions de celui qui aime l'Afrique (il a, dit-il, vécu au Sénégal plus de trente ans), et lui demande poliment de quel pays il vient.

— Mais je suis Suédois, répond Ibrahima sans sourciller.

— Ah... Je... Mais vos parents... ont sans doute des origines...

— Là, c'est plus compliqué. Je suis Français par mon père et ma mère est Brésilienne.

2 *Ibid.*, p. 75.

Pour nous, celui qui adore les Nègres est
aussi « malade » que celui qui les exècre.
Inversement, le Noir qui veut blanchir sa race est
aussi malheureux que celui qui prêche la haine du Blanc.

Frantz Fanon

LE CŒUR NET

Quand je reparais dans les radars universitaires en 2007, je suis devenue une autre personne. Mes prétendues compétences en littérature française du 18e siècle sont bien loin. Le directeur du département de Lettres Modernes de l'Université de Rouen, où je suis revenue, a l'élégance de me confier un master professionnel de formation aux métiers de la culture où j'enseignerai plutôt l'histoire des politiques culturelles, l'esthétique théâtrale et la gestion de projet. Pour les cours de littérature, j'ai carte blanche.

J'en profite pour mettre au programme de première année deux romans qui viennent de paraître, *L'Intérieur de la nuit* de Léonora Miano et *Verre cassé* d'Alain Mabanckou. J'ai l'intention de partir de l'ultra-contemporain pour remonter le temps et présenter à mes étudiants, dans toute leur profondeur historique, les littératures africaines et caribéennes de langue française (autrement dit, mais on ne le dit pas, les littératures noires de langue française). Puisque j'ai beaucoup fréquenté ces littératures-là ces vingt dernières années, je vois dans ce cours l'occasion de charpenter mes propres connaissances grâce à quelques solives historico-théoriques.

Je passe l'été à préparer mes cours, comme avant. Je fignole ma connaissance des classiques, je lis les dernières études universitaires sur la littérature francophone, je me mets à jour de l'actualité littéraire. Je lis des essais historiques, des dossiers dans la presse, je regarde des documentaires.

J'avale l'intégrale des petits volumes illustrés consacrés aux voyages d'exploration, aux guerres coloniales et aux Indépendances dans la collection Découvertes Gallimard. Je lis aussi *Le Livre noir du colonialisme* de Marc Ferro, les récits de voyage d'Albert Londres dans le Congo de Léopold, *Heart of Darkness* de Joseph Conrad. Je lis les fondamentaux des études culturelles et postcoloniales publiés chez les anglo-saxons, et Pascal Blanchard sur l'imaginaire colonial en France. Tant qu'on y est, je lis Pap Ndiaye sur la condition noire et le mouvement des droits civiques aux États-Unis, je lis même l'autobiographie de Barack Obama dont l'élection m'a tant réjouie.

Je renoue avec le bonheur de journées entières passées à lire, après huit années consacrées à agir. Le bonheur de sentir, comme avant, les idées, l'histoire, les représentations, les émotions, la langue et les formes se répondre et se fondre dans la littérature – et le cours s'échafauder en arrière-plan.

Pourtant, plus je lis, plus le malaise me gagne. Quelque chose me pèse et m'écrase que je répugne à formuler. Comme si un nouveau tsunami menaçait au loin, encore plus dévastateur que le précédent.

Car c'est une chose de se bricoler un code de conduite en tant que femme blanche en Afrique du Sud. C'en est une autre de s'immerger dans le sujet colonial quand on a compris qu'on était blanche.

Les têtes coupées emmanchées sur des piques à l'entrée du repère de Kurtz ; les milliers de morts de la ligne Congo-Océan ; les ruines fumantes des villages de la future Afrique-Occidentale française ; les conversions forcées et la destruction des fétiches ; les oliviers arrachés des vallées algériennes ; les zoos humains des expositions coloniales. Toutes ces images me collent à la rétine et mes nuits sont agitées.

Je me réveille de mes cauchemars dans une France qui, un an après les grandes émeutes urbaines de 2005, veut nettoyer les banlieues au Karcher, déclare à Dakar que l'Afrique n'est jamais entrée dans l'histoire, discute à l'Assemblée des bienfaits de la colonisation et lance un débat douteux sur l'identité nationale.

Je n'aurais pas cru qu'on en soit encore là.

J'ai un peu de mal à respirer.

Je vois des Blancs partout, et ils ne sont pas beaux à voir.

Des zombies aux mains tachées de sang, sortis de tombes anciennes où j'aurais préféré les laisser pourrir.

LIGNE DE COLÈRE

Dans tout ce que je lis, je vois la même colère que jadis dans les yeux de Miles Davis sur la pochette de *Tutu*. Tout autour de moi, depuis le fond de l'histoire, ça gronde.

Colère de Cheikh Anta Diop, dès les années 1950, face à la tentative blanche d'effacement radical de l'histoire africaine dont les colonisateurs prétendent, avec Hegel, qu'elle n'existe pas ; colère encore face au refus des historiens occidentaux de seulement considérer la possibilité que la première grande civilisation humaine de la période historique, l'Égyptienne, ait pu trouver son origine dans une civilisation noire qui se serait développée le long du Nil depuis ses sources nubiennes.

Colère de James Baldwin, exaspéré de devoir chaque jour revendiquer son droit à l'existence dans l'Amérique ségrégationniste, refusant la place du Nègre de service où l'on veut le cantonner, qui prévient – prédit, prophétise, menace : *La prochaine fois, le feu !*

Colère des Black Panthers, poing ganté de noir levé haut sur le podium des Jeux olympiques de 1968, prêts à sortir les griffes pour arracher les droits que les marches pacifistes n'ont jamais pu leur obtenir.

Colère de Toni Morrison dont les romans livrent, inlassablement, le récit des violences faites aux personnes noires dans la plus puissante démocratie du monde – l'américaine, à toutes les étapes de son histoire.

Colère encore de Miles Davis tournant le dos au public dans ses derniers concerts, définitivement irréconcilié avec des spectateurs qui pourtant l'adulent.

Colère de Ta-Nehisi Coates qui avertit son fils, dans une lettre intense, qu'il doit se préparer au fait qu'aux États-Unis, la seule couleur de sa peau le transforme en cible en puissance des violences urbaines et policières conjuguées.

L'Occidental est un barbare dans les intentions et dans ce qu'il a de plus profond : l'instinct de rejet d'autrui, le don du mépris de tout ce qui lui est extérieur ; il ne tolère ni l'invention d'autres réels ni le regard d'autres yeux que les siens sur le réel conventionnel.

Sony Labou Tansi

Je prends toute cette colère en pleine face.

Il y a des gens qui sans me connaître m'en veulent, et ils ont leurs raisons.

Je me demande comment je vais vivre avec ça.

La ritournelle de Césaire, qui assume toute son histoire nègre jusqu'à la lie, me trotte dans la tête.

Et si moi aussi « j'acceptais » comme il l'a fait, pour mieux m'émanciper du passé et renaître sous une autre forme ?

J'accepte... J'accepte... Entièrement, sans réserve...
ma race qu'aucune ablution d'hysope et de lys mêlés ne pourrait purifier
ma race rongée de macules
ma race raisin mûr pour pieds ivres
ma reine des crachats et des lèpres
ma reine des fouets et des scrofules
ma reine des squames et des chloasmes
(oh ces reines que j'aimais jadis aux jardins printaniers et lointains avec derrière l'illumination de toutes les bougies des marronniers !)
J'accepte. J'accepte.
et le nègre fustigé qui dit : « Pardon mon maître »
et les vingt-neuf coups de fouet légal
et le cachot de quatre pieds de haut
et le carcan à branche
et le jarret coupé à mon audace marronne
et la fleur de lys qui flue du fer rouge sur le gras de mon épaule.

Aimé Césaire
Cahier d'un retour au pays natal

MOCHE

J'accepte… J'accepte… Entièrement, sans réserve… ma race qu'aucune ablution d'hysope et de lys mêlés ne pourrait purifier
Ma race de traités trahis et de langue fourchue
Ma race qui chipote à Valladolid
Ma race la chicote au poing
Arquebuses contre sagaies, présentez armes !
Les raideurs d'acier bleu transperçant la chair mystique
Et les figuiers en feu
Et les hommes en cages
Les chiens dressés à tuer
Les entraves aux pieds
Les récoltes d'oreilles et le sang qui fume
Les chétives cariatides croulant sous le poids des caisses
Et les soldats demi-solde
Et Nantes, Bordeaux, Liverpool, enrichies sur le dos de captifs entassés dans les cales
Et le sexe vandale du maître avec tous les petits enfants sans père
Et la maîtresse en grande robe au châtiment des faibles
Ma race de massacreurs à Ambike, Sétif, Thiaroye, Madagascar
Et les vingt-neuf coups de fouet légal
Et le cachot de quatre pieds de haut
Et le carcan à branches
Et le jarret coupé à son audace marronne
Et le pied manquant de la mère à l'enfant

Les kilomètres de cadavres de Congo-Océan
Et « *Livingstone, I presume ?* »
Et Tintin au Congo
Et la campagne d'Alger
Ma race de punitions
Ma race de force légale
Ma race de chapeaux pointus en procession
Ma race de spoliation
Ma race qui prend mange digère et défèque
Qui frappe bat lynche attache le corps au parechoc et accélère
Et les étranges fruits pendus aux arbres du Mississippi
White only, par ici !
Et qui aime tuer me suive !
Cortez, Pizarre, Montagnac et Bugeaud
Sarraut Barde Muller Renan et Gobineau
Ma race *In Africa for Gold*, caoutchouc, coffee, copper, uranium, coltane, tungstene et la liste est longue
Ma race vautrée dans l'auge du dieu Pétrole jusqu'à la dégueulade
Ma race de délit de solidarité
Et *c'est à ce prix que vous mangez du sucre en Europe*, que vous roulez en Europe, que vous êtes pendus à vos smartphones en Europe
Et les mains qu'on choisit calleuses des candidats au travail à la chaîne
Et le bidonville de Nanterre
Et le bruit et l'odeur

Et la carte du monde avec l'Europe au centre
Et on ne va pas s'abaisser à demander pardon quand même ?
Et on ne va pas commencer à parler de réparations quand même ?
Et on ne va pas accueillir toute la misère du monde quand même ?

Et on ne va pas les laisser nous prendre tout ce qu'on a quand même ?

Comme dirait Sony Labou Tansi, « c'est moche ».

Je tourne en rond dans ma blancheur, pataugeant dans toute cette mocheté.

En même temps, les relents de contrition qui se dégagent de mon grand déballage me donnent des haut-le-cœur – j'ai des doutes sur la méthode Césaire.

Je me mets à penser à Giordano Bruno, Louise Michel, Shakespeare, Golarda Sapienza, Simone Veil, Mozart, Pasteur et David Van Reybrouck. Je pense aux Femen russes, à Dominique A, Greta Thunberg et Pedro Almodovar. Voilà que je me prends aussi à penser au cimetière marin de Varengeville-sur-Mer, à la libération de la femme, à la sécurité sociale, aux tomates bios de mon marché, et même au TGV (j'adore prendre le TGV) !
Et puis j'arrête.
Il ne manquerait plus que je me mette à dresser une liste compensatoire de beautés blanches !
Mais que puis-je faire d'autre pour assumer cet héritage sans courber l'échine ? Et comment garder la tête haute après cette traversée du musée des horreurs ?

Je suis à court d'idées.

NOYER LE POISSON

Je cherche du secours auprès des rois complices qui, depuis les États côtiers, pour quelques boisseaux d'étoffes précieuses et caisses d'armes à feu, alimentaient le commerce d'êtres humains organisé à grande échelle par les Européens, en razziant sans vergogne leurs arrière-pays.

Je convoque Amin Dada, Mobutu Sese Seko, Paul Biya, Duvalier et ses Tontons Macoutes.

Je pense au génocide des Tutsis du Rwanda.

Je n'oublie pas non plus les écorchés vifs de la guerre sino-japonaise, ni les tristes archives de Pol Pot, ni les ongles arrachés dans les prisons de Bashar el Assad, ni les hommes en cage sur les marchés libyens, ni les territoires palestiniens pilonnés par Tsahal, ni les égorgés de Daech, ni les viols en masse dans le bassin du Congo, ni les flambées de violence xénophobes à Johannesburg, ni les bastonnades d'homosexuels en Tchétchénie, ni les Ouïghours stérilisés et parqués dans des camps de travail en Chine, ni toutes les femmes massacrées par leur conjoint aux quatre coins du monde.

Me vient en bouche un sale goût d'espoir.

N'est-il pas de notoriété publique que la voracité, la cupidité, la volonté de puissance, le goût du sang, le raffinement dans la cruauté, le désir de massacre, la jouissance à faire souffrir, le plaisir à humilier, etc., etc. ne sont l'apanage d'aucun peuple en particulier? Est-ce que tout cela n'est pas tristement, tragiquement, tout simplement, *humain*? Et par conséquent, ne pourrions-nous pas ranger la domination blanche au magasin des horreurs de l'espèce et remettre au pot commun, par une habile pirouette, tous les soupçons qui me collent à la peau ?

Bien essayé, mais non. Je sens que c'est trop facile. Le dos-à-dos ne dédouanera personne de rien, sortir de mon problème par le bas est un peu minable et Sony Labou Tansi trouverait ce genre de petite contorsion « moche » aussi, sans aucun doute.

Après plusieurs tentatives de noyade, le poisson nage encore.

NOUS

J'ai un problème avec la première personne du pluriel.

Le Nous des êtres humains en général est devenu trop grand pour moi, il me flotte aux entournures. Mais tous les Nous à taille humaine que j'entends s'exprimer, fiers et bien ajustés, sont des Nous de combat, des Nous de défilés.

Nous les Noirs ! dont la vie compte autant que celle des autres

Nous les Indigènes de la république ! qui voulons cesser d'être invisibles

Nous les Femmes ! qui secouons la domination du mâle

Nous les Femmes racialisées ! qui voulons en finir avec la double peine

Nous les Femmes voilées, qui demandons qu'on nous laisse en paix

Nous les Lesbiennes-Gay-Bi-Trans ! qui voulons les mêmes droits que les hétéros

Nous les Réfugiés, qui voulons être traités comme des êtres humains

Nous les Vieux, qui préférons mourir dans la dignité

Nous les Gilets jaunes, qui voulons qu'on nous entende

Nous les Jeunes, qui voulons un avenir

Nous les Océans, Nous les Arbres, Nous les Animaux

Il suffit d'essayer Nous les Blancs ! Nous les Blanches ! pour voir tout de suite que ça ne sonne pas du tout pareil

On voit le bouclier levé
L'aristocratie assumée
Le style de vie à préserver
On voit le mur d'enceinte et son fil barbelé
On voit la minorité fantasmée
On voit la racaille qui rôde avec ses armes bien huilées

Ce n'est certainement pas à cet endroit-là que je vais trouver le Nous qui me rendra ma fierté.

THIS IS IT

Je suis sans doute une des seules personnes de la planète à n'avoir pas frénétiquement dansé sur *Billie Jean* ou *Beat it* dans les années 1980, immergée que j'étais dans l'énergie du free jazz. J'ai entendu parler de Michael Jackson, bien sûr, mais un reste de snobisme me l'a fait écarter de mes playlists – trop commercial, trop show-biz, trop people. Je n'ai jamais vraiment écouté sa musique et je ne l'ai vu danser que furtivement sur des clips auxquels je n'ai pas prêté grande attention.

Nous sommes en 2009, j'ai quarante-cinq ans, je suis en vacances près de Saint-Vaast-la-Hougue, dans la Manche, avec une amie cinéaste passionnément cinéphile. De peur de s'ennuyer au milieu de toute cette nature, Céline a préféré emporter son vidéoprojecteur et quelques films qu'elle a l'intention de me faire découvrir. Le premier soir, elle me propose *Le Visage* de Bergman ou *Les Quatre cavaliers de l'Apocalypse* de Minelli. Voyant ma mine déconfite, elle tire finalement de sa besace, en s'excusant presque, *This is it.*

Sur un drap blanc tendu devant la cheminée monumentale de notre maison de location, les joues encore roses de notre promenade au grand air, nous visionnons le *making of* du dernier spectacle de Michael Jackson, ou plutôt, d'un spectacle qui n'a jamais eu lieu, puisque la star a trouvé la mort dans les circonstances qu'on sait juste avant la première.

C'est une situation étrange que de s'extasier à retardement devant le génie d'une pop star que le monde entier adule depuis presque trente ans. Étrange aussi de constater l'étendue des efforts déployés par cet homme pour métamorphoser son corps et éclaircir sa peau, alors que la présence d'un taux élevé de mélanine dans les tissus me semble, à moi, le sésame pour une présence au monde bien plus désirable.

PRÉFÉRENCES

Cette femme en boubou qui s'occupe de son enfant me semble tellement plus belle.

Ces trois adolescents aux coiffures dessinées qui discutent dans le métro me semblent tellement plus intéressants.

Ces amies qui plaisantent en refaisant leurs tresses m'ont l'air tellement plus sympathiques.

L'ambiance de cette fête d'anniversaire où l'on boit du Planteur me semble tellement plus chaleureuse.

L'élégance tapageuse des sapeurs et des adeptes de Motown me semble tellement plus drôle.

Kadidja, Marietou, Bintou, Aïssata, Nafissatou, Mariama, Tulani, Bongi, Imani, Kayla, Rokia, Fatou, Aminata, Ntokozo : est-ce que ce ne sont pas des prénoms tellement plus originaux ?

Et Barack Obama n'est-il pas le meilleur président de toute l'histoire des États-Unis ? Et Michelle Obama la plus formidable Première Dame ?

Je mets du piment dans toute ma cuisine.

Je dis du mal des Blancs dès que l'occasion se présente.

J'ai tendance à trouver des excuses à tous les mauvais sujets à la peau foncée.

Stringer Bell, le chef des narcotrafiquants de Baltimore dans *The Wire*, la série culte de David Simon, incarne désormais mon idéal masculin.

De regrets en remords, je deviens de plus en plus ridicule.

Un ami congolais à qui je confie ma confusion se moque de moi et m'accuse en riant d'être traître à ma race.

L'AVENTURE AMBIGUË

Moi : Je ne suis pas née dans le bon corps.

Lui : C'est toi qui le dis. Mais être noire n'est pas une affaire de décision personnelle. Dans l'appartenance, la condition historique pèse plus que la teinte de l'épiderme.

Moi : Je me pose les mêmes questions que Samba Diallo, le personnage de Cheikh Amidou Khane errant entre deux cultures dans le Paris des années 1960.

Lui : Pas tout à fait quand même ma chérie. Ton pays n'a pas été colonisé et personne ne te somme de choisir entre les vainqueurs et les vaincus.

Moi : J'ai reçu par hasard un héritage qui n'était pas le mien.

Lui : Qu'est-ce que tu veux dire par là ? Que Brassens et Simone de Beauvoir ne m'appartiendraient pas à moi ?

Moi : J'ai dans la tête plus de choses en commun avec toi qu'avec mon frère de sang.

Lui : Le vaudou t'a sauvée de la famille nucléaire !

Moi : Je ne suis même pas immigrée et c'est comme si je venais d'ailleurs, un pied sur chaque rive, à ne plus savoir où marcher.

Lui : Relève la tête au lieu de regarder tes pieds. On vit très bien en équilibre sur un trait d'union, tu verras.

SUR UN FIL

J'ai appris en Afrique du Sud l'existence d'une insulte qui s'applique aux Blancs qui se mêlent aux Noirs. Traiter quelqu'un de *Nigger friend* (*Kaffir boetie* en afrikaans) est aujourd'hui reconnu par la loi sud-africaine comme un délit passible de prison. Pour comprendre la violence de ces mots, il faut les imaginer prononcés avec un rictus de la bouche qui exprime le mépris le plus profond, lancés à votre figure comme un crachat. C'est bien sûr une double insulte, d'abord au Noir, dont l'infamie présumée contamine par proximité le Blanc qui le fréquente.

Dans un essai récent, la romancière américaine Brit Bennett dit ne pas savoir quoi faire des « gentils Blancs », qui passent leur temps à essayer de prouver qu'ils ne sont pas racistes, quand les Noirs, eux, en sont encore à devoir prouver qu'ils sont dignes de vivre. Cette obsession blanche de la gentillesse lui semble particulièrement agaçante.

Chimamanda Ngozi Adichie, dans *Americanah*, fait un sort à un personnage de femme blanche qui, accueillant chez elle l'héroïne, Ifemelu, Nigériane installée aux États-Unis, s'intéresse d'un peu trop près à son parcours, poussant la sympathie jusqu'aux limites de la condescendance. « Est-ce que cette Blanche ne pourrait pas tout simplement rester à sa place ? » dit en substance Ifemelu.

Ma place ?

BLANCHES

Entourées d'une nuée de petits enfants pauvres à la peau brune qu'elles comptent sauver du désastre de leur naissance, comme Mère Teresa, Lady Di et Madonna.

Chantant leur amour pour une Afrique sauvage, terrifiante et excitante, avec Rose Laurens qui brûle du désir « de danser comme toi et d'obéir à ta loi ».

Exposant leur nudité sans pudeur à leurs domestiques de couleur (dont le regard ne compte pas), comme *L'Olympia* de Manet.

Hissée au septième ciel de l'Empire State Building par le grand singe roi des Indigènes qui mourra d'avoir osé poser ses mains sur elle, comme Ann dans *King-Kong* de Carl Denham.

Héroïnes pulpeuses et gémissantes des *porn-stuff* consommés en cachette en Égypte – raconte le Cairote Omar Ghayatt dans *Made in Paradise*, un spectacle faisant l'inventaire des idées reçues qu'ont les uns sur les autres Orientaux et Occidentaux. Il ajoute avoir longtemps cru que ces films reflétaient la sexualité ordinaire de toutes les femmes européennes.

Propriétaire d'une plantation de café au Kenya, où elle exploite avec beaucoup de gentillesse des ouvriers agricoles qui sont aussi les témoins muets de sa passion pour un aventurier épris de liberté, comme Meryl Streep dans *Out of Africa* de Sydney Pollack.

Propriétaire d'une autre plantation de café ailleurs en Afrique, qui s'obstine à sauver sa récolte en pleine guerre civile comme Isabelle Huppert dans *White Material* de Claire Denis.

Invitant son fiancé noir chez ses parents, des Américains apparemment libéraux, pour mieux l'attirer dans la salle d'opération aménagée dans la cave où doit s'organiser, après hypnose, l'appropriation de son enveloppe corporelle au profit de vieux Blancs espérant ainsi se régénérer, comme Allison Williams dans *Get Out* de Jordan Peel.

DISCRIMINATION POSITIVE

Personne ne m'a jamais arrêtée dans la rue pour contrôler mes papiers d'identité.

Personne ne m'a jamais suivie dans une boutique pour s'assurer que je paierais les sous-vêtements que je tenais à la main avant de sortir.

Personne ne m'a jamais demandé, dans mon propre pays, au fait, de quel pays j'étais originaire.

Personne ne m'a jamais jeté des peaux de banane à la figure.

Personne n'a jamais eu peur de moi quand je m'approchais pour demander un renseignement dans la rue.

Attendre un visa n'a jamais été pour moi qu'une question de temps.

Personne ne m'a jamais fait comprendre que je ferais mieux de changer de coiffure.

Je n'ai jamais risqué de me faire agresser dans le TGV parce que je portais un voile sur la tête.

Personne ne m'a jamais interdit de parler ma langue maternelle.

Personne ne m'a jamais interdit de donner à mon enfant le prénom de son grand-père.

Aucun employé de la poste ne m'a jamais demandé ma carte de séjour alors que j'avais déjà présenté ma carte d'identité.

Personne ne m'a jamais refusé l'entrée d'une discothèque.

FÉMINISTE ?

Les érudits saluent en *Game of Thrones* une série qui consacre l'inversion des dominations de genre. Ignorées, humiliées, voire torturées dans les premiers épisodes de la série où elles sont réduites au statut d'objet sexuel, les figures féminines se relèvent au fil des saisons pour finalement prendre une revanche éclatante, raflant tous les trônes possibles dans le grand jeu de la course au pouvoir.

Daenerys Targaryen joue un rôle central dans cette reconquête. Après la mort de Khal Drogo, à qui elle avait été mariée de force à l'âge de treize ans, la jeune veuve, flanquée de ses dragons magiques, prend le commandement de l'armée de cavaliers nomades aux mœurs sauvages qui servait le défunt. Elle pille assez de villes pour s'offrir une flotte et un bataillon d'Immaculés, des soldats d'élite qu'elle achète à des rois esclavagistes, part avec eux à l'assaut des États tenus par leurs maîtres, libère tous les esclaves, pend ou crucifie les mauvais rois, et une fois devenue reine à son tour, entreprend de marcher sur Westeros. Sa grande ambition : s'asseoir sur le trône de fer et régner sur les sept couronnes réunifiées, dont elle s'estime l'héritière légitime.

Daenerys Targaryen, la princesse aux longs cheveux d'or et d'argent, incarnerait l'avènement (tardif) d'une figure féministe dans la culture populaire, qui a une nette préférence pour les superhéros musclés, machos, plus ou moins hors-la-loi mais toujours protecteurs de belles filles un peu greluches.

Soit.

J'ai quand même un petit problème avec cette blanche amazone qui chevauche ses dragons pour voler au secours des esclaves du monde entier. *Primo*, ces esclaves ont tous la peau basanée. *Deuxio*, ils semblent avoir attendu tout ce temps dans les fers que Daenerys vienne les sauver, visiblement incapables de se libérer par eux-mêmes. *Tertio*, ils lui sont tellement reconnaissants qu'ils lui font allégeance dans l'instant, troquant sans sourciller leur esclavage passé pour une soumission consentie. *Quatro*, les Immaculés qui forment la garde rapprochée de la Reine blanche ont le bon goût d'être émasculés. *Cinquo*, je ne vois pas franchement ce que le règne de Daenerys, fondé sur la conquête, la spoliation, le pouvoir de l'argent, la violence arbitraire et la magie, a de spécialement enviable comparé à ceux des rois qui l'ont précédée.

Je soupçonne l'incroyable parcours conquérant de Daenerys Targaryen de me parler d'autre chose que d'émancipation féminine. J'y vois l'histoire d'un empire va-t'en-guerre, persuadé de son bon droit, qui rêve que les peuples qu'il soumet le remercient d'être venu les libérer des ténèbres où ils végétaient – croit-il. Il me semble même y voir, drapé dans un costume aussi splendide que terrifiant, le spectre de l'avènement radieux de l'utopie suprématiste.

Je soupçonne le féminisme que *Game of Thrones* cherche à me vendre de n'être qu'un vernis destiné à me faire gober toutes les autres dominations – aristocratique, capitaliste, raciale, coloniale et impériale.

Je deviens intarissable quand il s'agit de démonter *Game of Thrones* dans tous les cercles que je fréquente, où l'on me regarde avec un certain étonnement. Pourquoi tant d'acharnement ?

Surtout que cela ne m'empêche aucunement de regarder la série sans en manquer un épisode, accrochée que je suis aux destins des Stark, des Lannister, des Baratheon, de Jon Snow, des sauvageons et autres marcheurs blancs.

INTRANQUILLE

Cela fait à peine quatre ans que j'ai repris du service à l'Université de Rouen et je commence déjà à regarder ailleurs. J'adore enseigner pourtant, j'aime que les étudiants me bousculent dans mes croyances et réveillent mes curiosités. Mais l'immobilité me fait peur. Être revenue vivre dans la ville où je suis née me dérange. La spécialisation que l'université attend de moi sur un sujet précis dans une discipline particulière me fait craindre de rater tout le reste. Je me persuade que je n'ai pas l'âme d'une chercheuse, mais celle d'une entremetteuse. Je ne me sens jamais aussi bien que lorsque je contribue au télescopage fécond des mondes, à l'usinage de projets qui mettent en présence des gens qui ne se connaissent pas encore, et à une dynamique d'équipe.

Puisque pendant toutes ces années, je me suis formée aux métiers de la culture au sein du master que j'animais tout en découvrant concrètement ceux du spectacle vivant au sein du festival Automne en Normandie, où je travaillais en *free-lance*, je prends le risque de me lancer : je vais postuler à la direction d'un théâtre.

La première fois, c'est un ratage en règle dont je pleure de dépit.

L'année suivante, en 2011, je réponds à une autre annonce. Je place une citation d'Edouard Glissant en exergue du projet que je remets au jury. « Agis dans ton lieu, pense avec le monde », propose le poète : cette fois-ci, ma candidature est retenue et me voilà en partance pour Nantes où je vais rejoindre l'équipe du Grand T.

Je m'installe sans vraiment m'installer dans cette ville que je ne connais pas encore, où je n'ai aucune idée du temps que je vais passer. J'y emporte avec moi mes questions en suspens, mes scrupules et mes obsessions.

FOLLE-BLANCHE

Je n'ai jamais su avant de vivre à Nantes que « Folle-blanche » était le nom du cépage qui avait servi dès le 17e siècle à l'élaboration des eaux de vie de l'ouest – Armagnac, Cognac – ni que Marc Pesnot, vigneron star du pays nantais, avait baptisé du même nom l'une des cuvées naturelles qui ont fait son style et sa renommée.

C'est en savourant un (ou deux ?) verre de ce vin blanc vif et plein, dans les premières vibrations d'une ivresse légère, que m'est apparue un jour la figure-repoussoir d'une autre « Folle-blanche », à l'intersection exacte de mes errances et de celles de toutes ces femmes qui s'épuisent à tenter de recoudre à la main les plaies que l'Histoire a laissées béantes. Aussi sincère qu'agaçante, aussi pathétique que prévisible, ma Folle-blanche à moi court pieds nus sur le sol rouge, fragile et éperdue, en quête de son humanité sur les chemins semés d'embûches de la décolonialité.

Elle me rappelle mille histoires.

L'histoire de cette amie partie faire du « tourisme humanitaire » au Malawi, où elle était censée planter des arbres, et qui s'est fait escroquer sur toute la ligne, c'était prévisible, par le *tour-operator.*

L'histoire de toutes celles que j'ai rencontrées, en Afrique ou ailleurs, qui voulaient « aider les Noirs », sans se rendre compte qu'elles avaient autant besoin d'aide que ceux qu'elles voulaient tant aider, ni que le don de soi peut parfois être une forme retorse de la domination.

L'histoire de cette femme tombée amoureuse d'un migrant qu'elle assistait dans ses démarches administratives, une histoire qui finit mal, mais quel amour est viable dans des circonstances aussi intensément inéquitables ?

L'histoire de cette autre femme amoureuse qui avouait excuser chez son homme noir des comportements qu'elle n'aurait jamais tolérés chez un Blanc, tout en se plaignant qu'il n'aimât pas danser, comme si on l'avait en quelque sorte « trompée sur la marchandise ».

L'histoire de cette femme venue me trouver après un entretien en librairie autour de *Débutants*. Elle avait attendu que je sois seule à la petite table des dédicaces pour m'approcher. Elle n'avait rien à me donner à signer mais quelque chose à me dire : elle aussi, elle avait vécu en Afrique, me confiait-elle timidement. Elle aussi, l'expérience l'avait transformée. Elle aurait aimé, elle aussi, écrire sur le sujet. Elle ne savait pas comment s'y prendre. Elle n'avait jamais osé. Elle n'en avait pas dit plus, comme si, nous sachant dépositaires du même secret, elle n'avait pas jugé utile de s'épancher davantage. Puis elle était restée là, comme tétanisée, son regard planté dans le mien. J'ai vu dans l'œil de cette femme de l'exaltation et de la tristesse. J'ai cru y déceler des rêves enfouis et des désarrois profonds, de la nostalgie et de la déception, l'illusion d'un monde enchanté, l'espoir de mythologies retrouvées, le constat de grandes impossibilités, le désir inlassable d'être pardonnée. *Les soupirs de la sainte et les cris de la fée.* J'ai vu dans ces yeux mouillés beaucoup de difficulté à s'en dépêtrer.

L'histoire de mon dernier covoiturage sur une longue distance, avec – le hasard étant ce qu'il est – un homme d'Orléans né en Afrique centrale. Il veut savoir si je suis déjà allée en Afrique. Raconter le partenariat entre mon théâtre et le festival des Récréâtrales à Ouagadougou me paraît une bonne manière de participer à la conversation sans trop me dévoiler. Je sens se poser sur moi un regard indescriptible de consternation vaguement méditative : « La Blanche, marmonne-t-il comme pour lui-même, c'est un peu la planche à billets là-bas. » Je n'ai pas le courage de me lancer dans de grandes dénégations en énumérant tous les efforts que nous faisons pour créer les conditions d'une relation équitable entre notre théâtre et le festival burkinabè. Je sais parfaitement bien que le genre d'équité que nous tentons d'établir reste très relative – voire fictive, mais qu'il s'agit d'une fiction nécessaire et agissante. J'ai peur que mon passager ait mis le doigt sur un vrai problème et cela me fatigue.

Me revient en mémoire cette amie rétorquant un jour à celui qui pour la énième fois lui demandait un service, sans s'inquiéter de ce qu'il allait pouvoir lui donner en retour, au prétexte que la Blanche, là, pouvait bien faire ça pour lui : « La Blanche est fatiguée. »

La Blanche est fatiguée de voir ses joies, ses doutes, ses enthousiasmes et ses réticences, ses coups de gueule et ses élans de générosité, ses désirs et ses dégoûts, systématiquement relus au prisme de sa blancheur.

La Blanche est fatiguée du soupçon qui pèse sur le moindre de ses gestes.

La Blanche est fatiguée de devoir toujours repasser par la case culpabilité.

La Blanche est fatiguée que tout soit toujours si compliqué.

DONS

Dons, de Nuruddin Farah, fait partie du très petit nombre de romans auxquels je retourne, comme le métal à l'aimant. À chaque relecture, le même enchantement me prend devant la profondeur des personnages – pourtant confrontés aux situations les plus quotidiennes, et devant le nuancier sensible et spirituel qui se déploie d'une page sur l'autre. Rares sont selon moi les auteurs de fiction qui parviennent à toucher de si près la complexité du vécu. Rares aussi ceux dont l'œuvre, située en Afrique, résiste à ce point à la tentation de l'exotisme.

Duniya est infirmière en chef à la maternité de Mogadiscio. Elle élève seule ses jumeaux adolescents, Naasiba et Mataan, nés d'un mariage forcé à un vieillard aveugle lorsqu'elle était très jeune. Sa fille cadette, Yarey, ne vit plus avec sa mère depuis qu'elle s'est séparée de Tariq, son deuxième mari, journaliste brillant mais alcoolique. Tout en faisant face aux pénuries diverses qui rythment la vie de la capitale somalienne à la fin des années 1980, Duniya prend son travail au sérieux, s'interroge sur la meilleure éducation à donner à ses enfants et assume avec fierté sa condition de femme indépendante dans un environnement marqué au sceau de l'autorité masculine.

Le monde frappe à sa porte sous plusieurs formes: un enfant trouvé que Naasiba ramène à la maison, un homme qui lui fait délicatement la cour, le retour de son frère Abshir, exilé en Italie, et les débats sur la dépendance de la Somalie à l'aide internationale qui déclenchent des conversations passionnées dans son cercle amical.

Qu'il soit question de se faire raccompagner en voiture, d'accepter de la nourriture, d'adopter un enfant, de donner son corps à l'homme qu'on pense aimer, de se faire prêter un logement, ou, sur un autre plan, de jalousies villageoises, de corruption et de colis humanitaires, Duniya est confrontée à une multitude de dilemmes qui charrient leur lot d'offrandes, remerciements et attentes en retour.

Le récit s'interrompt parfois le temps d'une incursion dans l'univers du mythe, d'un communiqué officiel prenant acte d'une décision de l'ONU ou d'un article de fond rédigé par Tariq sur le sens et la fonction du don.

J'aime tout, dans ce roman : les personnages, leurs conversations, leurs hésitations, le respect dont ils font preuve les uns pour les autres et la manière dont ils abordent les conflits qui les opposent. Un faisceau d'histoires s'y développe en arborescence, où nichent mille actes de don pris dans des chaînes d'obligations et de rapports de force. Il n'y a pas de don sans contrepartie, dit le récit. Pourquoi vouloir *aider* ceux qui ne demandent rien ? La générosité s'avère vite condescendante. On ne peut construire une relation viable sur ce terreau inégalitaire.

Si vous êtes venus pour m'aider, vous perdez votre temps.
Mais si vous êtes venus parce que votre libération
est liée à la mienne, alors travaillons ensemble.

Lilla Watson citée par Françoise Vergès

ÉQUITABLE

Si on parlait sérieusement de tourisme équitable, il faudrait imaginer des cars de Maliens et de Syriens avec appareils photo déferlant sur le Sacré-Cœur et envahissant les plages de la côte.

Ils se comporteraient en pays conquis mais auraient pris la précaution de choisir un *tour-operator fair-trade*. Ils auraient ainsi la garantie que la femme qui fera le ménage dans leur chambre d'hôtel, l'accordéoniste qui les fera danser le soir du Quatorze Juillet, le chauffeur qui les conduira au parc Astérix et le gardien de salle au musée du Louvre sont employés dans des conditions décentes, mangent à leur faim, ont les moyens de se loger pas trop loin de leur lieu de travail et de partir en vacances avec leurs enfants au moins une fois par an.

ÉGALITÉ

Je passe quelques jours d'été au Havre avec ma mère, qui a bien vieilli depuis le temps où elle chantait *Frou-frou* dans les mariages. Nous venons de dîner dans un café de plage au pied de Sainte-Adresse d'où l'on a une vue imprenable sur l'entrée du port, l'estuaire de la Seine, les lents et tardifs couchers de soleil de cette partie du monde. Ma mère insiste pour m'inviter. Au moment de payer, elle compose très ostensiblement le code de sa carte bancaire devant le serveur, qui le lui fait remarquer en lui conseillant d'être un peu plus prudente.

Comme je lui dis en riant que nous ne le soupçonnons pas de vouloir escroquer une vieille dame, il nous raconte qu'il y a peu, alors qu'il s'approchait d'un vieux monsieur qui lui avait demandé de l'aide pour taper son code dans un distributeur de billets de banque, il s'est fait ceinturer par deux policiers qui l'ont délogé sans ménagement et plaqué au mur, mains en l'air et jambes écartées, avant de le fouiller longuement en l'interrogeant. Ils n'écoutaient ni ses protestations ni celles du vieux monsieur qui disait que non, non, ce n'était pas ce qu'ils croyaient.

Le jeune homme est blond, cheveux coupés ras légèrement décolorés, barbe soigneusement taillée. Il arbore des tatouages fournis sur les avant-bras ainsi qu'au creux du cou. Il m'explique que ce genre de choses arrive fréquemment aux garçons tatoués.

Je montre tous les signes extérieurs de l'indignation, mais ne peux empêcher un petit soulagement intérieur. Que dans ce pays, le harcèlement policier ne cible pas seulement les jeunes Noirs et les jeunes Arabes me rassure un peu.

GODWIN POINT

«Vous me connaissez, je suis une emmerdeuse»: ainsi commence un post Facebook de Léonora Miano où elle questionne l'adoration des Afrodescendants pour Njinga Mbandi, reine d'Angola qui certes tint tête aux envahisseurs portugais, mais fut aussi complice de la déportation d'un grand nombre de captifs qu'elle livra aux Européens. Le même jour, elle argumentait dans une tribune ultra documentée du *Monde* sur la nécessité de décoloniser symboliquement l'espace public français en le débarrassant des statues qui honorent les figures fondatrices de l'idéologie coloniale (Colbert, promulgateur du Code noir, Faidherbe, théoricien de la colonisation de l'Algérie).

Léonora Miano se bat sur tous les fronts.

Elle ne fait pas de quartiers.

Elle aime appuyer là où ça fait mal.

Elle ne nous laisse pas croire à nos mythologies de grandeur.

Elle sait balayer devant sa porte.

Elle attend des autres qu'ils en fassent autant.

Elle chante aussi le blues. En 2016, elle se produisait à Nantes, en duo avec son contrebassiste, et j'étais dans la salle avec des amis antillais. Entre les morceaux inspirés de chants d'esclaves composés dans les plantations de canne, elle joue à provoquer son public. Elle nous parle, à nous Nantais, comme à des descendants de négriers coupables de traite par procuration généalogique. Mon sens de l'humour est mis à rude épreuve. Je m'agite sur mon siège. Je tousse. Je finis par me lever. J'explique à mes amis que je ne suis pas venue là pour me faire insulter et je sors, pas spécialement bruyamment, mais sans me cacher non plus.

Les négriers nantais, je les connais et les exècre autant que Léonora Miano. Je ne l'ai pas attendue pour aller fourrager dans les auges troubles de cette histoire. J'ai raclé le fond des culpabilités possibles et j'ai hâte de passer à quelque chose de plus constructif. Est-ce que ma peau blanche me condamne à l'assimilation esclavagiste à vie? Est-ce qu'on arrêtera un jour de me jeter ça à la figure? Et serait-ce possible de laisser en paix mes pauvres vieux ancêtres, qui ne sont pour rien dans toute cette affaire? Voilà ce que je rumine devant le théâtre en attendant la fin du concert.

Miano a touché un point sensible. Et moi qui voulais être sa sœur! Et elle qui ne m'a pas reconnue! Et moi qui m'attendais à ce que nous nous prêtions main-forte pour nous extirper ensemble des eaux sales de notre passé colonial! Et elle qui me remet le nez dedans et m'y laisse me dépatouiller toute seule! Je suis désemparée, en colère, en grand besoin de débriefer «l'incident» avec mes amis.

Ils ne sont pas aussi scandalisés que moi. Ils compatissent parce qu'ils m'aiment bien et qu'ils voient que je suis retournée, mais ils n'en font pas tout un plat.

Moi, j'ai bien du mal à m'en remettre.

CONSOLATION

Moi : Ce n'est pas si facile d'être blanche.

Lui : Parce que tu crois que c'est facile d'être noir ?

Moi : L'héritage est lourd.

Lui : L'héritage noir n'est pas léger.

Moi : Mon peuple a vaincu sans avoir raison.

Lui : Mon peuple n'avait pas tort et il a perdu.

Moi : Je ne peux pas dire, comme toi, « *white is beautiful* ».

Lui : Tu n'as pas non plus besoin de hurler « *white is awful* ».

Moi : J'ai honte de toute cette histoire !

Lui : Le mal est fait. Tu n'y es pour rien. Et ta honte n'y changera rien.

Moi : Je ne peux quand même pas faire comme si de rien n'était.

Lui : Maintenant que tu as regardé le passé en face, on va pouvoir lui tourner le dos. Mais laisse tomber la honte s'il te plaît.

Moi : C'est plus fort que moi.

Lui : Il y a l'avenir à prendre dans les bras. Il y a beaucoup de travail qui nous attend. On ne pourra pas se payer le luxe de ta honte.

Moi : Tu crois ?

Lui : Et dire qu'il faut encore que ce soit ton frère Nègre qui te console.

LA MENACE

Le sentier qui longe l'Erdre depuis le centre-ville de Nantes est bordé d'un côté par la végétation touffue qui s'abreuve à la rivière et de l'autre par les murets qui délimitent les jardins de propriétés cossues qu'on devine en contre-haut. J'ai pris l'habitude de venir courir là le dimanche matin, comme tous les joggeurs qui me doublent à grandes foulées.

Je suis en pleine écriture de *Débutants.* Je vois à peine ce qui m'entoure, tant je suis encore habitée par les personnages et leur destinée. À mi-parcours, le chemin emprunte une longue passerelle sur pilotis qui s'écarte de la berge. Le bruit des pas change de tonalité quand on passe de la terre battue au plancher du ponton. Je lève la tête. La rivière enveloppe tout de ses effluves d'eau douce, les poules d'eau se suivent en procession, les cormorans plongent en quête de poisson. Un héron vole en altitude. Au dernier coude de la passerelle, mon regard se pose sur un graffiti qui n'était pas là la semaine dernière. « Femme blanche, viande à Nègres », disent les lettres dégoulinantes peintes de travers juste sous la rambarde.

Qui a bien pu venir jusqu'ici, probablement en pleine nuit, avec son pot de laque blanche et l'intention d'écrire ça sur le parcours de la promenade favorite des Nantais ? Se sont-ils déplacés en bande ? Étaient-ils ivres ? Sobres et déterminés ? De quelle couleur étaient-ils ? Qu'auraient-ils fait s'ils avaient croisé un couple mixte venu s'aimer dans le secret des fourrés ?

Viande à nègres. Réminiscence de clichés d'un autre âge. Fantasme de l'hypersexualité noire prête à toutes les prédations. Angoisse du mâle blanc s'imaginant incapable de rivaliser avec la performance sexuelle du Noir. Réduction de l'homme noir à la pulsion animale. Humiliation de la femme blanche compromise avec un Noir. Infamie de la femme dont le désir a transgressé la ligne de couleur. Réduction de toutes les femmes à l'état de pure chair. Pulsion de viol, pulsion de mort, rêve de punition, rêve de dévoration.

La bête est prête à bondir, tapie au creux des consciences.

Une onde de peur me transperce.

I HAD A DREAM

Je suis devant le théâtre, un peu à l'écart sur le parvis arboré, à observer les spectateurs qui se pressent dans l'entrée. Arrive un groupe d'amis, tous noirs. Ils sont pris dans une conversation animée et aucun d'entre eux ne me voit, sauf l'homme qui porte un enfant dans ses bras (peut-être s'agit-il de notre enfant, je n'en suis pas sûre, il est accroché au cou de son père et me tourne le dos). L'homme à l'enfant se dirige vers moi d'un pas décidé. Il rayonne, il a l'air heureux de me retrouver.

Il s'approche un peu plus près pour me glisser à l'oreille « Je me suis renseigné », puis fait un pas en arrière en hochant discrètement la tête et reste là à me contempler, souriant, comme pour mesurer l'effet de ses paroles.

Je comprends qu'une sorte d'autorité supérieure de l'identité noire m'a décrétée fréquentable. Cette perspective d'adoubement me plonge dans une joie immense.

J'aspire une profonde bouffée d'air et mes épaules se détendent.

Mais à part respirer, je ne sais ni trop quoi dire ni trop quoi faire.

Au réveil, ce rêve m'agace profondément.

Est-ce que c'est vraiment moi, cette quiche blanche incapable d'un geste, d'une parole ou même d'un rire, qui attend qu'on lui donne des bons points de conduite ? Est-ce que je vais tourner en rond encore longtemps dans les labyrinthes piégés de la race ? Et qui me tendra la main pour m'aider à en sortir ?

ÉTRANGE ÉTONNEMENT

Pour parler de commerce triangulaire, le musée d'histoire de Nantes a courageusement choisi d'assumer le passé négrier de la ville en s'appuyant sur les archives des armateurs. Tout y est : plans de cale, inventaires des esclaves embarqués et débarqués, récits de révoltes et de leur répression, spécimens de fers et de fouets, plantation, Code noir, histoires de marronnage et de punition, jusqu'aux registres des ventes sur les marchés de Saint-Domingue. Les êtres humains valaient cher et leur commerce rapportait gros. Les capitaines de bateau étaient tenus à une comptabilité précise des transactions : nom de l'acheteur, quantité vendue de nègres, négresses, négrillons ou négrillonnes, prix et modalités.

Je passe du temps à détailler ces documents.

La plupart des acheteurs n'achètent qu'une seule personne à la fois.

La plupart des acheteurs paient en plusieurs fois.

Il arrive que le paiement soit échelonné sur plusieurs années.

Il y a au nombre des acheteurs autant d'hommes que de femmes.

Mon regard s'arrête sur le nom du chevalier de Saint-Georges qui apparaît dans le tableau de vente de la cargaison du *Père de famille*, arrivé d'Angola à Saint-Domingue le 12 juillet 1788. *Le Père de famille* transportait 587 « têtes de nègres » vendues sur le marché aux esclaves de Port-au-Prince entre le 14 et le 21 juillet.

Cette semaine-là, le chevalier de Saint-Georges a acheté un négrillon.

Je reste abasourdie.

Je connais un chevalier de Saint-Georges qui a vécu à cette époque. Je l'ai rencontré quand je croyais encore que je serais chercheuse en littérature française du 18e siècle. On le cite toujours comme « le premier homme de couleur à avoir réussi » dans la France de l'ancien régime. Né en 1739 d'un planteur de la Guadeloupe et d'une esclave, il est devenu chevalier de Saint-Georges après que son père l'eut reconnu, affranchi, et ramené à Paris, où il décida de lui donner l'éducation traditionnellement réservée aux enfants de la haute aristocratie. Compositeur acclamé, violoniste virtuose et maître d'armes de haut niveau, le chevalier a fait l'admiration du tout-Paris de son temps. Il est aussi connu pour avoir assumé le commandement d'une légion de soldats noirs qui s'est battue aux côtés des révolutionnaires, la même légion qui adressera en 1793 une lettre à la Convention réclamant l'abolition de l'esclavage dans les colonies françaises.

Comment ce chevalier de Saint-Georges-là aurait-il pu se retrouver à acheter un négrillon sur un marché de Saint-Domingue en juillet 1788 ?

Je mène ma petite enquête.

C'est très difficile de déterminer avec certitude si le chevalier de Saint-Georges que je connais est le même que celui de Port-au-Prince. Avant sa mort en 1799, il semblerait que le mien ait voyagé en Europe et fait au moins un séjour à Saint-Domingue, mais plutôt en 1796, où il a peut-être été exilé pendant une période de disgrâce. Je ne saurai sans doute jamais si c'est bien lui, l'Affranchi par chance, le Mulâtre à succès, qui s'est offert un jeune esclave quand l'occasion lui en a été donnée. Je fais part à Antonio de Almeida Mendes, un professeur de l'Université de Nantes qui a consacré ses travaux de recherche aux esclavages dans l'espace lusophone, de la perplexité où me laisse cette archive. Peut-on imaginer que mon chevalier ait acheté cet enfant pour l'affranchir, comme son père l'avait fait pour lui ? Ou bien a-t-il tout simplement profité du système sans faire preuve d'aucune solidarité de race ? Se serait-il senti le droit, en tant que mulâtre, de faire d'un plus Noir que lui sa chose et son domestique ?

Le professeur se moque de moi et de mes scrupules. Déjà au 18ᵉ siècle, la ligne de couleur qui sépare les esclaves des hommes libres n'est pas si claire, m'explique-t-il. Pas plus que celle qui organise solidarités et loyautés de part et d'autre. S'y superposent des lignes de classe, genre et origine qui ne se recoupent pas toujours. Les dynamiques de domination dévorent à tous les râteliers et turbinent à plein régime. Bref, il ne suffit pas d'être Noir pour être Nègre, les territoires de l'esclavage débordent ceux des communautés de race, et en la matière, personne ne peut se fier à personne.

La surprise (et la déception) que j'éprouve en découvrant que le chevalier de Saint-Georges possédait des esclaves me rappelle ma réaction devant des photos d'archives, en Afrique du Sud, montrant des policiers noirs frapper des manifestants pendant les émeutes de Soweto. Même étonnement, même incompréhension, même sentiment de tristesse. Je finis par me demander pourquoi ces situations me choquent autant. Je sais, pourtant, que la réalité, à la différence de la propagande et de la mythologie, ne fait pas bon ménage avec le manichéisme. Comment ai-je pu m'attendre, alors, à ce que la bourgeoisie noire et mulâtre de Saint-Domingue s'abstienne d'adhérer au système de la plantation ? Surtout si elle pouvait en tirer profit ? Et comment la police sud-africaine au temps de l'apartheid aurait-elle pu ne compter dans ses rangs que des hommes blancs dans un pays où les Noirs étaient tellement majoritaires ?

Je comprends que je me suis raconté une histoire de fraternité de race qui ne tient pas debout. La fraternité de race n'est pas donnée, c'est une construction politique, une arme de combat, comme la solidarité de classe ou la sororité. Elle ne met pas toujours en mouvement la majorité silencieuse trop occupée à organiser sa survie comme elle peut sous le radar des grands idéaux. Elle ne protège ni des conflits ni des trahisons, pas plus qu'elle n'empêche la présence de sales types et de petits arrangements douteux dans les communautés qu'elle défend. Et d'ailleurs, est-ce qu'aucun peuple n'a jamais fait preuve d'une fraternité sans failles ? Ou au contraire d'une saloperie sans nuances ?

Croire à la fable d'un peuple noir universellement bon et fraternel, c'est une nouvelle manière, plus insidieuse, de faire preuve de paternalisme. C'est « monter en généralité », comme dirait la philosophe Vinciane Despret, et caser tous les individus dans le même sac, en leur refusant la complexité de l'individuation. C'est se donner des billes à l'avance pour disqualifier leur cause – si l'un d'entre eux est mauvais, alors ils ne méritent pas que leur sort s'améliore.

Ce n'est pas parce que le peuple noir est meilleur que les autres qu'il se bat contre la domination blanche. C'est parce qu'il revendique les mêmes droits à la vie et à la liberté que tous les autres citoyens du monde.

Comme un Césaire grandi au son du gansta rap des ghettos urbains, Kendrick Lamar compose avec *Alright* un hymne à la résilience noire que l'auteur du *Cahier d'un retour au pays natal* n'aurait sûrement pas renié.

« *We're gon' be alright, Nigga* », promet Lamar. Le flow du rappeur de génie se déploie tantôt *a capella*, tantôt sur fond de chœurs syncopés et de boucles de saxophone, le tout porté par une puissante ligne de basse à quoi s'accrochent des riffs de batterie et des ornements de boîte à rythme. Engagé, tendu, conscient, excitant, généreux, chaleureux, le morceau (publié en 2016 sur l'album *To Pimp a Butterfly*) fait écho au mouvement Black Lives Matter qui émerge au même moment outre-Atlantique.

We're gon' be alright, Nigga
D'you hear me?
D'you feel me?
We're gon' be alright.

Cette promesse inlassablement répétée est comme une balise à ne pas perdre de vue dans l'océan de brutalité traversé par la chanson. « J'ai passé ma vie à me battre », disent les paroles. « J'ai connu la galère et les mauvaises passes, je me suis cru foutu, j'ai tenté le diable, hurlé dans ma piaule, avalé des cachets. C'est pas la première fois qu'on essaie de nous bousiller, notre fierté en a déjà pris des sacrés coups, on savait plus où regarder. Maintenant les flics nous abattent dans la rue, j'ai les genoux qui tremblent et mon flingue est prêt à exploser, j'ai des envies de tout casser, je suis bouffée par la rancœur. Mais je cherche des réponses. Je te le dis, mec : on va s'en sortir, tu m'entends ? on va s'en sortir. »

Nigga, we're gone be alright.

Kendrick et Aimé, à presque un siècle de distance, ont su trouver des ressources au cœur de la catastrophe et garder le cap de la dignité. Ils ne se sont jamais apitoyés sur leur sort.

Moi qui n'ai rien vécu de comparable, je ferais bien d'en prendre de la graine.

DANS LA PEAU DE FRANTZ FANON

Paradoxalement, c'est Fanon qui m'aide le mieux à me dépatouiller des sables mouvants où je menace de m'enliser. Je lis et relis, depuis 2006, *Peau noire, masques blancs*, le récit autobiographique de son itinéraire intellectuel dans la France des années 1950 : un livre-source auquel revenir s'abreuver dans les grands moments de doute.

On y voit le jeune Martiniquais découvrir brutalement à dix-huit ans, quand il arrive en « métropole », la place où le regard blanc a prévu de le cantonner : celle du Noir. Autrement dit, celle du sauvage, de l'homme pulsionnel, violeur et cannibale en puissance. Celle de l'inférieur absolu qui conforte le Blanc dans sa supériorité. Lui qui se croyait un Français comme un autre, fort de tous ses droits à la complexité, est totalement bouleversé par la violence de cette découverte.

Il décide de creuser la question pour comprendre si être Noir peut signifier autre chose que ces fantasmes délirants qu'on lui renvoie à la figure. Le voici lancé dans un grand voyage d'exploration identitaire, une épopée philosophique de la couleur de peau. Il lit tous azimuts et procède par hypothèses successives, recoupements, erreurs, renoncements et recommencements. Il traverse des états contrastés, entre exaltation et découragement, cauchemar et révélation.

L'enquête de Frantz Fanon me fascine. Je suis en empathie absolue avec son désir de comprendre et de faire sens, de se fabriquer une dignité nouvelle avec les bribes éparses de ce qu'il sait et de ce qu'on dit de lui. À mesure que j'avance dans ma lecture, je finis par m'identifier totalement à lui, comme dans un miroir inversé.

D'autant plus que Fanon a beau chercher, il ne trouve pas ce Noir qu'on voudrait qu'il soit : ni dans de mythiques origines caribéennes (la généalogie antillaise se perd dans la cale du navire négrier), ni dans une féérique culture nègre universelle qui incarnerait le triomphe de la poésie et de l'irrationnel sur les froids calculs de la rationalité blanche (il se démarque de Senghor), ni même dans l'expérience partagée de l'esclavage et de la colonisation : la tragédie ne lui suffit pas comme socle de son individualité.

> *Ce n'est pas le monde noir qui me dicte ma conduite. Ma peau noire n'est pas dépositaire de valeurs spécifiques. Je n'ai pas le droit, moi, homme de couleur, de rechercher en quoi ma race est supérieure ou inférieure à une autre race. Je n'ai pas le droit, moi, homme de couleur, de souhaiter la cristallisation chez le Blanc d'une culpabilité envers le passé de ma race.*
>
> *Je n'ai pas le droit d'être un Noir. Je n'ai pas le devoir d'être ceci ou cela… Si le Blanc me conteste mon humanité, je lui montrerai, en faisant peser sur sa vie tout mon poids d'homme, que je ne suis pas ce « Y a bon Banania » qu'il persiste à imaginer.*
>
> *Ma vie ne doit pas être consacrée à faire le bilan des valeurs nègres. Il n'y a pas de monde blanc, il n'y a pas d'éthique blanche, pas davantage d'intelligence blanche. Il y a de part et d'autre du monde des hommes qui cherchent. Je ne suis pas prisonnier de l'Histoire. Je ne dois pas y chercher le sens de ma destinée.*
>
> *Je ne suis pas esclave de l'esclavage qui déshumanisa mes pères.*

Je me rue sur les perspectives ouvertes par Fanon. S'il n'est pas prisonnier de l'Histoire, alors peut-être que moi non plus ? S'il n'a pas le droit d'être un Noir, alors peut-être me reste-t-il encore une chance de me défaire du satané chapeau blanc que je me force à porter et qui me donne la migraine ?

Quelque chose cependant me dit que ce ne sera pas si simple. Quand Fanon écrit en 1952 « je ne suis pas le Noir que vous voulez voir en moi », il parle d'émancipation, de reconquête et de dignité, mais si moi je dis en pleine ère globale racialisée « les Blancs ne sont pas ce que vous croyez qu'ils sont », ça sonne comme une absolution mal fagotée, un lavage de main en douce, un refus de regarder les choses en face, bref une tentative peu glorieuse pour effacer l'Histoire.

Par ailleurs, si Fanon prend ses distances avec l'idée de Négritude comme essence noire unique, s'il revendique le droit d'être un homme libéré des assignations de la race, il ne peut pas non plus adhérer à l'idéal post-racial esquissé par Sartre dans *Orphée noir* en 1948, un texte vigoureusement réfuté dans *Peau noire, masques blancs*. Car le philosophe de l'existentialisme réduit la Négritude à une béquille provisoire dans le combat plus vaste des prolétaires du monde entier, il y voit une forme de contestation de la supériorité blanche dont la nécessité disparaîtra dès l'avènement de la société sans races qu'il appelle de ses vœux. Chez Sartre, cet horizon post-racial où tous les êtres humains seront enfin égaux se fond dans une abstraction universaliste qui ne tient aucun compte des spécificités de chaque peuple. Sartre est de son temps et ne voit pas que cet universalisme-là passe par l'assimilation et la dissolution de tout ce qui n'est pas blanc, européen, occidental. Il ne voit pas non plus que les « assimilés en puissance », s'ils avaient l'espace pour s'exprimer, pourraient bien s'opposer frontalement à cette conception.

Car, tant dans sa jeunesse martiniquaise qu'à l'hôpital de Blida, en Algérie, où il a exercé comme psychiatre, Fanon a constaté les dégâts causés par l'acculturation coloniale. Il a vu les phénomènes d'aliénation à grande échelle à quoi elle a conduit. Il a vu la zombification de peuples entiers convaincus de leur propre nullité. S'il se voit lui-même comme un humain universel de plein droit, pour qui « la guerre du Péloponnèse est aussi sienne que la découverte de la boussole », il ne peut adhérer à l'idée d'un universalisme qui procède par effacement de toutes les aspérités non occidentales jusqu'au négationnisme.

Dans les dernières pages de *Peau noire, masques blancs*, par une sorte de coup de théâtre, Fanon clôt son enquête sur l'identité, cesse de s'interroger sur ce qui fait le Noir, de l'essence ou du regard blanc posé sur lui. D'ailleurs il tourne le dos à ce regard blanc qui l'a tellement obsédé, parce qu'il n'y voit « rien, rien que l'indifférence ou la curiosité paternaliste ». Dans le même temps, il délaisse la philosophie pour l'action, le passé pour l'avenir, choisissant la voie du militantisme et des mouvements de libération. Il invite pour finir chaque être humain « à créer les conditions d'existence idéales d'un monde humain ».

Je regarde Fanon s'éloigner sur les sentiers de la lutte. Moi qui ne suis pas une militante, je ne peux plus marcher à ses côtés. Je me retrouve seule sur le bord de la route, loin d'être réconciliée avec ma blancheur, bien loin d'être sortie de ces affaires de race, avec en main, pour poursuivre mon chemin, les cartes qu'il a posées sur la table et dont je peux me saisir : ne pas me laisser enfermer, garder les yeux ouverts, donner de l'attention, me souvenir d'où je viens, douter, ne rien prendre pour argent comptant, ne rien lâcher sur l'humanité, « faire tout ce qui est à ma portée pour que le monde s'améliore un peu ».

Changer la vie, changer le monde, on n'est pas humain si on ne pense pas à ces choses-là. On n'est alors que de la viande inutile puisqu'on n'a même pas le rôle nourrissant d'un demi-kilo de mouton.

Sony Labou Tansi

Ce que tu n'as pas défendu par les armes,
Ne crois pas le garder avec tes larmes.

Ismaël Lô

Zouk-la sé sel médikaman nou ni.

Kassav

PROVINCIALE

Donc la petite Blanche sans le savoir qui courait les bois avec son chien dans ce qui restait de campagne autour des banlieues ouvrières de Rouen dans les années 1970 s'acheminait plein sud, au grand rendez-vous de sa blancheur à l'autre bout du monde.

Elle croyait gravir une montagne
S'élever au nom du père
S'élever au nom de la mère
S'élever au nom du grand-père
Saisir la chance offerte par l'égalité républicaine
Embarquer tout son lignage avec elle dans sa petite escalade des monts sociaux
Et voilà qu'en route elle trouve autre chose
Un obstacle imprévu
Une falaise à pic
Son chemin de sable à elle
Friable et vertigineux
Tortillant jusqu'à un minuscule toit du monde
Blancheur blanchité blanchitude
Petit chapeau de neige
Des parages sans beaucoup d'oxygène
Où il ne fait pas bon s'attarder

Passage obligé, pourtant, si l'on veut pouvoir continuer

Laisser les hauteurs, lâcher le surplomb
Progresser en latéral
Chercher les harmoniques
Se mettre au diapason
Redevenir provinciale
Redevenir humaine parmi les humains
Et depuis ces parages austères battus par les grands vents de la race, se remettre au travail.

Dans les ruines fumantes du vieil universel effondré, une fois les dominations piétinées, sauver les pièces encore utiles pour construire autrement le commun de l'espèce. Chercher ailleurs de nouveaux matériaux. Produire à plusieurs de l'humanité polyphonique, inventer ensemble un Nous des « nous » qui se déploie dans l'espace et dans le temps en balançant au rythme du monde. Devenir l'un et le multiple de l'un. Tâtonner vers l'unisson.

Faire éclore un nouvel universel assez fort pour tenir tête à tous ceux qui ont déjà bourré le leur de dollars, de surveillance, de volonté de puissance et d'explosifs.

Se préparer pour les guerres à mener en son nom.

L'universel n'est pas donné, il s'éprouve dans les luttes multiples et la manière, encore à déchiffrer, dont elles convergent et se mènent ensemble, solidairement, dans la visée d'un horizon commun d'émancipation.

Souleymane Bachir Diagne

COLOUR-BLIND

C'est par Mandela que j'entends prononcer l'expression *colour-blind* pour la première fois, à la fin des années 1990. Madiba rêve d'une nation arc-en-ciel dont tous les citoyens seraient aveugles à la couleur.

Colour-blind. Un idéal paradoxal.

J'essaie de m'imaginer à quoi pourrait ressembler cette femme que je serais devenue, traversant tranquillement sa vie sans voir la couleur de peau des gens ni penser à la sienne. Cela me semble impossible. Non seulement les premières personnes que je vois partout où je vais sont celles qui ont la peau plus foncée que moi, mais je les vois aussi, et surtout, quand elles ne sont pas là.

Pour devenir *colour-blind*, il me faudrait subir une étrange rééducation. Refaire à l'envers tout le chemin parcouru. Il ne me suffirait pas de me défaire de tout préjugé de race. Il me faudrait ne plus rien voir de tout ce qui s'y rattache, de près ou de loin.

Mais moi, justement, j'ai perdu cette innocence. Mon œil s'est dessillé. Je sais que je suis blanche, qu'il existe des personnes qui ne le sont pas, que leur parole a longtemps compté pour rien quand celle des gens comme moi donnait le tempo ; je sais que cette différence, si elle ne suffit pas à nous définir, nous conduit à vivre des expériences radicalement différentes. Je sais que pour que « le monde s'améliore un peu » il est nécessaire d'en tenir compte. Je ne peux plus faire comme si de rien n'était.

Colour-blind.

Vingt ans après et réflexion faite, je ne partage plus l'idéal de Madiba (*sorry*, Nelson). Une société *colour-blind* serait pleine de trous et de manques, plongée dans le déni, absente à elle-même, à son histoire autant qu'à son présent. Elle ne saurait rien conjuguer. Elle ne pourrait penser ni l'égalité, ni la diversité, ni la réparation. Elle s'immobiliserait, s'extrayant du mouvement naturel des civilisations qui, incapables d'abstraction comme de pureté, se font, se défont et se réinventent au fil de contacts, d'échanges et de conflits dont nos couleurs de peau, telle une archive transmise d'une génération à l'autre, gardent la trace.

ALL BLACKS

Je reste des heures dans l'exposition Great Black Music présentée à la Cité de la musique de Paris en 2014. Je vais d'une salle à l'autre, les oreilles dans le casque et la télécommande à la main. Je regarde une à une, méticuleusement, toutes les vidéos, dans l'étrange silence religieux qui s'est emparé du musée où tous les visiteurs déambulent comme moi, enfermés dans leur bulle musicale.

Ils sont tous là, mes héros : Miriam Makeba, Youssou N'Dour, Fela Kuti, Miles Davis, Jimmy Hendrix, Aretha Franklin, Saul Williams, Tricky et tous les autres.

Je balance la tête en rythme. Si je ne me retenais pas, je me lancerais volontiers dans une petite danse de joie.

C'est seulement quelques semaines plus tard que je prends conscience des débats qui agitent les milieux spécialisés. Peut-on parler de « musique noire » ? Souligner les liens entre les musiques africaines traditionnelles, le jazz américain, la salsa cubaine et la rumba congolaise ; mettre dans le même sac Prince, Ornette Coleman, Tina Turner, Rokia Traoré et Cesaria Evora ; tout cela ne relève-t-il pas d'un essentialisme détestable ?

Cette question ne m'avait pas effleurée, tant l'évidence s'impose des filiations et résonances musicales autour de *l'Atlantique noir*. Tant est éclatante aussi l'influence culturelle de la diaspora noire sur les musiques populaires du monde entier.

Parler de musique noire est peut-être discutable en théorie, mais ni mes oreilles ni mon admiration pour l'accomplissement artistique que met en scène l'exposition ne sont de cet avis.

Pour une fois qu'on nous donne l'occasion d'être éblouis par nos *Étoiles noires!*

PRIORITÉS

Lui : Tu me fatigues avec tous tes hommages. Ça rime à quoi tout cet étalage ?

Moi : Je parle d'artistes et de penseurs, femmes et hommes, qui ont changé ma vie et ma façon de voir le monde. Je ne supporte pas qu'on les ignore. Je veux partager l'admiration que j'ai pour eux avec ceux qui ne les connaissent pas encore.

Lui : N'empêche, ça me met mal à l'aise, moi, de te voir naviguer au milieu de toutes ces stars noires. C'est comme si tu voulais te hisser sur le piédestal à leur suite. Qu'est-ce que tu cherches à la fin ?

Moi : Je cherche la porte pour sortir de la race sans pour autant la nier. Je suis blanche, d'accord. Mais ça n'a pas empêché des idoles noires d'entrer dans la recette de mon âme, tout autant que d'autres. Mon panthéon est polychrome. Je revendique mon impureté. Il n'y a pas d'autre voie dans le monde global. Tous impurs ! Tous égaux ! Je veux le crier haut et fort.

Lui : Plus personne ne pense comme ça. On a déjà essayé et ça n'a pas marché. On a des droits à revendiquer. Tu arrives trop tard avec tes idées de mélange.

Moi : Tu ne vas pas baisser les bras ? On ne va pas se faire la guerre ?

Lui : Mais tu voudrais qu'on fasse quoi ?

Moi : Qu'on continue à se raconter, à se surprendre, à se comprendre, à ne rien se passer, à s'entraider, à se moquer, à chercher ce qui nous lie, à se battre pour ce qui vaut la peine. Sans essayer de se ressembler. Mais qu'on sorte de nos tranchées de race. Qu'on fasse avec nos fragilités. Qu'on ressaie la fraternité.

Lui : Tu me demandes un peu trop, là. Pardon de te le dire comme ça, mais ces temps-ci, ce n'est pas toi ma priorité.

MARCHE BLANCHE

Paris, 11 janvier 2015. Je marche avec la foule, dans le silence et la tristesse exaltée d'un deuil collectif qui, je veux le croire, exprime la volonté d'une société entière de faire front contre la violence aveugle de l'internationale djihadiste. Les rues sont saturées de gens venus de partout. Le cortège piétine. Partis le matin de Barbès, nous n'arriverons place de la Nation qu'à la nuit tombante.

À mesure que les heures défilent, le malaise me prend. Le cortège est étrangement blanc, urbain, bourgeois. Où est-il, ce peuple français auquel je crois ? Pourquoi, ce jour-là tout particulièrement, ne se donne-t-il pas à voir comme il est, définitivement et naturellement sang-mêlé ?

J'ai tenté en vain, ce matin-là, de convaincre Lazare de m'accompagner. Lazare est un auteur et metteur en scène dont l'œuvre creuse l'histoire franco-algérienne et s'emploie depuis longtemps, inlassablement, à inventer de possibles futurs sur les ruines de notre passé colonial. J'ai souvent présenté ses pièces dans le théâtre que je dirige parce que son œuvre, non dénuée de colère, est aussi traversée par la poésie la plus folle, la joie la plus contagieuse, les chansons les plus belles et qu'elle est portée par les comédiens les plus formidables. Si je défends son travail, c'est aussi parce qu'à l'obsession des origines, Lazare préfère la quête des horizons.

Depuis les attentats, il n'a plus bougé de chez lui. « C'est comme si, me dit-il, dans la rue, dans le métro, partout, tous les regards se tournaient vers moi, entre soupçon et injonction, comme si j'étais sommé à chaque instant, haut et fort, de faire la preuve de mon humanité en me désolidarisant activement de mes frères de sang, les Mauvais, les Méchants. Comme si j'étais obligé de manifester ma solidarité sous peine d'être taxé de complicité douteuse. J'ai peur pour ma mère. Je lui ai demandé d'ôter son voile quand elle sort dans la rue. » Il ne supporte pas d'être précipité dans le camp des barbares, et encore moins qu'il faille expliquer, encore et encore et encore, que la barbarie n'est l'apanage d'aucun peuple ni d'aucune religion, comme si cette évidence n'allait plus de soi.

Je comprends sa position mais j'ai du mal à l'accepter. J'aurais voulu qu'il soit là. Que nous marchions côte à côte. Que nous ayons du chagrin ensemble. Que nous soyons plus forts que les djihadistes qui veulent nous dresser les uns contre les autres. Que nous nous autorisions à croire ensemble que ce cauchemar, un jour, finira.

Ce matin-là, j'ai raccroché avec un goût de défaite dans la bouche.

Je ne savais pas encore que de toute cette horreur naîtrait une pièce magnifique, *Sombre rivière*, que j'accueillerais au théâtre deux ans plus tard presque jour pour jour.

Une pièce comme une réponse, une ode à la vie criarde et résiliente, un chant de réconciliation.

GAULOIS

Au début, j'ai sincèrement cru que le grand débat sur l'identité nationale ouvert en 2006 nous permettrait une mise au point salutaire. J'ai vraiment pensé que ces états généraux d'un nouveau genre nous fourniraient l'occasion de sortir de la mythologie des origines. Nous écarterions temporairement les ancêtres gaulois qui nous bouchent un peu la vue pour regarder en face le peuple que nous sommes. Nous inviterions à participer au récit national tous les Français dont les ancêtres ne sont pas précisément Gaulois ; nous leur ouvririons en grand la porte de notre identité, secouerions la poussière des tapis et retricoterions avec eux notre dentelle identitaire à la française, bien loin d'images d'Épinal taillées à la serpe.

Nous allions mettre nos imaginaires au diapason de notre réalité : celle d'une France multiple, complexe et sang-mêlé. Une chance nous serait donnée de prendre enfin conscience de toutes les potentialités de ce peuple hybride. Tout ce qu'il sait ! Tout ce qu'il a vécu ! Tout ce dont il est capable ! À quel point il est outillé pour faire face à toutes les diffractions du monde global ! La fierté dont nous savons faire preuve pour notre bigarrure quand elle est incarnée par une équipe de football qui gagne la coupe du monde déborderait le gazon du stade de France. Il y aurait des marches de réconciliation spontanée ; le sentiment d'appartenance serait large et durable. La composition d'une nouvelle version de notre hymne national serait confiée par la ministre de la Culture à Camille, Kassav, Christine and the Queens et Akhénaton réunis. Dans cette grande invention du futur, il y aurait de la place pour tout le monde. La France redeviendrait unie et confiante dans son avenir.

Bien entendu, ce n'est pas du tout le tour qu'ont pris les choses.

En 2017, Patrick Boucheron a rouvert le dossier à sa manière. En invitant une pléiade d'historiennes et d'historiens à écrire une *Histoire mondiale de la France,* il a permis l'apparition d'une version renouvelée du récit national, une version qui fait la part belle à tout ce qui dans l'histoire de notre pays résonne avec des ailleurs et des au-delàs. Où l'on voit que sa position de Finistère européen, ses façades océaniques et méditerranéennes, ses velléités expansionnistes, son talent pour le commerce et son goût pour les arts, son histoire coloniale et migratoire ont fait de la France un carrefour de peuples qu'on ne saurait réduire à une caractéristique unique ni confiner dans l'abstraction d'un hexagone. Indiscutablement, c'est cette histoire particulière qui fait la force et la beauté de ce qu'est devenu notre pays aujourd'hui.

Le multiculturalisme n'est pas un projet porté par des minorités désireuses de saper la France éternelle. C'est un fait indiscutable de la France d'aujourd'hui, dont nous ferions bien de nous emparer collectivement sans en faire tout un drame. Les « bons Français » ne sont pas ceux qui ont les racines les plus anciennes, ce sont ceux qui ont le désir de mettre leur énergie à construire un pays plus beau et plus juste, un pays où chacun puisse vivre sans redouter la haine de son voisin, un pays que nous serons fiers de léguer à nos enfants (si nous ne l'avons pas tout à fait réduit en cendres et avons su en prendre soin) – quelle que soit leur couleur de peau, leur religion, les langues qu'ils parlent, leur orientation sexuelle, ce qu'ils mangent et la manière dont ils s'habillent.

ANCÊTRES

Et dire qu'on aura passé des décennies à enseigner à des petits Congolais et des petites Sénégalaises que leurs ancêtres étaient Gaulois, alors qu'il aurait fallu apprendre aux petits Français que leurs ancêtres gaulois étaient les descendants d'êtres humains partis à pied des alentours du Grand Rift, à l'est de l'Afrique, il y a plusieurs centaines de milliers d'années.

TOUT-MONDE

Chez Glissant, c'est la langue qui me happe d'abord. Dès les premières lignes du *Traité du Tout-Monde*, me voilà embarquée, comme en état d'ivresse. Chaque mot entrechoque ses voisins dans une incandescence poétique, politique et spirituelle éblouissante. J'avance lentement dans cette œuvre d'une densité presque effrayante, terrassée par sa puissance et sa beauté, incapable d'en lire plus de quatre pages d'affilée. Je sens qu'il me faut, entre chaque goulée, du temps pour la respiration, la méditation, la sédimentation. C'est comme si le texte offrait à l'agnostique que je suis l'occasion d'entrevoir la possibilité du sacré.

La prose de Glissant m'impressionne au point qu'il m'est difficile de faire autre chose que la lire (ou la donner à lire, avec ferveur, à ceux qui ne la connaissent pas encore). Difficile, en tous les cas, d'en parler ou de la gloser. Je peux en revanche raconter comment elle vient se poser sur mes lectures antérieures et les envelopper de son aura vibrante.

L'œuvre prend sa source dans la réalité antillaise mais s'adresse à nous tous, êtres humains vivant à l'ère globale. Confrontant à la fois le lourd héritage colonial et la violence du *chaos-monde* dont notre condition contemporaine fait l'expérience, Glissant les replace dans un processus historique commun aux descendants de colonisés et de colonisateurs.

Ce faisant, il invite à la *Relation*.

J'appelle chaos-monde le choc actuel de tant de cultures qui s'embrasent,
se repoussent, disparaissent, subsistent pourtant, s'endorment ou se
transforment, lentement ou à vitesse foudroyante : ces éclats, ces éclatements
dont nous n'avons pas commencé de saisir le principe ni l'économie et dont
nous ne pouvons pas prévoir l'emportement. Le tout-monde,
qui est totalisant, n'est pas (pour nous) total.
Et j'appelle Poétique de la Relation ce possible de l'imaginaire qui nous porte
à concevoir la globalité insaisissable d'un tel chaos-monde, en même temps
qu'il nous permet d'en relever chaque détail, et en particulier de chanter
notre lieu, insondable et irréversible.

Dans le tout-monde de Glissant, chaque être a son lieu, augmenté d'une infinité de liens avec tous les autres lieux qu'il a traversés, de son plein gré ou à son corps défendant. Dans le chaos-monde de Glissant, je suis fille du fracas de l'histoire au même titre que tous les êtres humains, reliée à eux par des fils invisibles. La pensée de la créolité me permet d'accueillir comme un cadeau tout ce qui s'est déposé en moi au hasard de ma vie, et de m'appuyer sur cet héritage pour entrer en relation avec les autres êtres humains, quel que soit le chemin qu'ils ont suivi.

Depuis ces archipels que j'habite, levés parmi tant d'autres,
je vous propose que nous pensions cette créolisation.
Processus inarrêtable, qui mêle la matière du monde, qui conjoint et change
les cultures des humanités d'aujourd'hui. Ce que la Relation nous
a donné à imaginer, la créolisation nous l'a donné à vivre.
La créolisation ne conclut pas à la perte d'identité, à la dilution de l'étant.
Elle n'infère pas le renoncement à soi. Elle suggère la distance
(l'en-aller) avec les figements bouleversants de l'être.
La créolisation n'est pas ce qui perturbe une culture donnée, même si nous
savons que nombre de cultures furent et seront dominées, assimilées, portées
aux bords de l'effacement. Son fait, par-delà ces conditions le plus souvent
désastreuses, est d'entretenir relation entre deux
ou plusieurs zones culturelles, convoquées en un lieu de rencontre,
tout comme une langue créole joue à partir de zones linguistiques
différenciées, pour en tirer une matière inédite.
La créolisation est imprévisible, elle ne saurait se figer,
s'arrêter, s'inscrire dans des essences, dans des absolus identitaires.
Consentir que l'étant change en perdurant, ce n'est pas approcher un absolu.

Ce qui perdure dans le changement ou le change et l'échange,
c'est peut-être d'abord la propension ou l'audace à changer.

L'œuvre de Glissant est une mangrove qui foisonne d'images et d'idées nouvelles. J'y vois se former un « Nous » bien différent de celui, sans saveur et sans couleur, du vieil universel républicain. C'est le « Nous » de la *Relation*, débarrassé du haut et du bas, du centre et de la périphérie. Au lieu d'ériger pyramides, obélisques et cathédrales, il se déploie en rhizomes entrecroisés qui nous courent sous l'épiderme et tiennent leur force des liens qu'ils tissent les uns avec les autres.

Traité du Tout-Monde et *Poétique de la relation* deviennent mes viatiques. Ils m'ouvrent des chemins inédits, m'inspirent au quotidien. Ils m'aident. Ils m'apaisent. Ils m'invitent au travail. J'écris pour Le Grand T un nouveau projet intitulé *Pour un théâtre de la Relation* qui se décline en une infinité de traductions concrètes de la philo-poésie de Glissant.

Dans une sorte de chantier de recherche-action à mouvement perpétuel, je me mets au travail avec toute l'équipe du théâtre, avec les artistes qui nous entourent et l'architecte qui redessine le bâtiment et son jardin. Cette petite communauté en ébullition devient le laboratoire de nos utopies artistiques et sociales, le lieu d'une traque des dominations qui nous minent, une tentative jamais finie de monde meilleur à notre portée.

DÉBUTANTS

S'il y eut jamais un peuple enfant, c'est celui que l'Occident a façonné en imposant partout, depuis près de cinq siècles, son rapport au monde d'enfant glouton, qui se roule par terre pour une friandise de plus, arrache les jouets des mains des autres pour le pur plaisir d'avoir, et lorgne dans l'assiette de son voisin avant même d'avoir fini la sienne. Tout, tout de suite, pour soi seul, et tant pis pour tous les autres – cohumains, descendants, non-humains, planète et tout ce qui s'en suit.

Décoloniser nos mentalités, ce serait aussi tourner le dos à cette gloutonnerie enfantine qui a conduit l'espèce entière au bord du gouffre à force de razzias sur tout, en éradiquant au passage les autres rapports possibles au monde, devenus aussi invisibles qu'inaudibles. Ce serait accepter de considérer la possibilité de la maturité – une forme d'être au monde pour laquelle nous n'avons aucune expérience.

Si seulement la catastrophe qui nous tourne autour de toutes parts, politique, sociale, spirituelle et climatique, nous conduisait à accepter collectivement notre condition de « débutants » !

Débutants en maturité
Débutants en humanité
Débutants en spiritualité

Avons-nous d'autre choix que tout recommencer ?

RESTITUTION

En 2018, Felwine Sarr et Bénédicte Savoy ont remis au président Macron un rapport qui établit les conditions d'une restitution massive des œuvres d'art spoliées à l'Afrique pendant la colonisation. Une révolution pour les musées français, qui opposaient jusqu'à présent le principe d'inaliénabilité des collections à toute demande officielle de restitution : la situation était parfaitement bloquée.

Sarr et Savoy esquissent une méthode de sortie de crise qui ferait bouger les lignes avec élégance et compétence, en permettant à tous les acteurs d'éviter de s'empêtrer dans des considérations de revanche et de culpabilité.

« Reconnaissons que des événements se sont passés sous des régimes juridiques qui ne sont plus ceux auxquels nous nous identifions aujourd'hui », proposent-ils. Rien ne sert d'éviter ces sujets comme s'ils nous mettaient trop mal à l'aise. Nous n'avons pas à défendre des actes que nous n'approuvons pas. Nous pouvons même nous en désolidariser. Nous pouvons reconnaître que le passé s'est mal passé, nommer précisément les faits d'escroquerie et de spoliation perpétrés pendant la période coloniale, en s'appesantissant moins sur le jugement moral (le mauvais comportement passé) que sur le double désir mutuel d'établir l'inventaire exact de ces spoliations et de s'engager à imaginer pour ces œuvres une vie après le vol.

Il s'agit d'abord de rendre leur patrimoine aux peuples qui en ont été dépossédés. Ces œuvres qui ont tant enrichi les imaginaires européens, comment admettre qu'en soient privés les descendants de ceux-là mêmes qui les ont créées? Le gouffre creusé par cette longue absence symbolique doit évidemment être comblé.

Pour autant, la restitution telle que l'envisagent Sarr et Savoy n'est pas un simple retour à un *statu quo* antérieur (de toute façon impossible, puisque les contextes ont radicalement changé). L'idée n'est pas non plus de passer d'une immobilité à une autre. Ce que proposent Sarr et Savoy, c'est d'inventer pour ces œuvres un avenir aussi réparateur que prometteur, à partir de relations plus équitables entre les musées des deux côtés de la Méditerranée.

En restituant les œuvres du patrimoine africain, on mettra fin, très concrètement, au monopole de leur conservation et de leur prêt par les musées français. On rendra aux musées africains leur capacité à échanger leurs collections avec tous les musées du monde. Reste à imaginer toutes les modalités de ces « translocations fluides », qui ouvrent la possibilité de relations nouvelles entre ceux qui ont été spoliés de leur patrimoine et ceux qui se sont trouvés, dans la configuration historique particulière de la colonialité, les possesseurs illégitimes et temporaires des œuvres en question.

Cette « fluidité des translocations » ne saurait concerner que les œuvres du patrimoine africain. Le tout nouveau Musée des civilisations noires inauguré à Dakar en décembre 2018, avec ses nombreuses salles encore vides – toutes prêtes à recevoir des œuvres qui n'ont plus été vues sur le continent depuis plus d'un siècle pour certaines d'entre elles, serait aussi le lieu idéal pour présenter la grande exposition sur Picasso et l'art nègre qui n'a encore jamais eu lieu nulle part.

La méthode proposée ici pour mettre en œuvre la restitution (reconnaissance, inventaire, réparation, invention à plusieurs d'un futur dynamique) est d'une évidence et d'une simplicité telles qu'on pourrait y voir la matrice d'une vaste démarche de décolonisation de toutes les institutions.

PROSÉLYTE

Je vois bien cependant que les questions qui m'obsèdent intéressent assez peu mon entourage – pas plus que les Français en général.

Les littératures noires de langue française, si elles sont plus visibles qu'avant, ne font toujours pas partie de la culture *mainstream*. Presque aucun de ceux de mes amis blancs qui sont de grands lecteurs n'a lu Aimé Césaire. C'est un peu comme s'ils n'avaient jamais fréquenté les œuvres de Victor Hugo ou Marguerite Duras, mais personne ne semble s'en rendre compte.

La publication du rapport de Felwine Sarr et de Bénédicte Savoy, par son retentissement international, a permis que d'autres pays européens s'interrogent à leur tour sur le destin de leurs collections coloniales ; en France, les préconisations qu'il formule ont suscité des controverses agitées entre conservateurs ; par la suite, des premiers retours de pièces ont pu être organisés. De toute évidence, le rapport marque un tournant historique sur le sujet des restitutions. J'ai eu la naïveté de croire que le grand public s'emparerait aussi du sujet, qu'il occuperait toutes les conversations et donnerait lieu à un grand débat national dans les médias de forte audience. Rien de tel ne s'est pourtant produit. Apparemment que le peuple français s'est désintéressé du sujet – apparu dans l'actualité, il faut le rappeler, exactement en même temps que la révolte des Gilets Jaunes qui occupait toutes les Unes.

La place faite aux « personnes issues de l'immigration » sur les plateaux de théâtre, de cinéma, de télé, dans les postes à responsabilité, à l'Assemblée nationale ou sur les listes électorales reste un sujet secondaire en France comparé à celui de la parité hommes-femmes.

À cela s'ajoute le fait que la doctrine républicaine nous interdise de tenir nos comptes : les discriminations liées à l'origine sont encore largement minimisées, voire tacitement admises. On ne sait pas bien par où prendre le problème de l'égalité des chances, entre élitisme méritocratique (celui dont j'ai si bien profité) et lutte contre l'injustice sociale (qui est une autre affaire).

Dès que je sens la moindre once d'intérêt pour le sujet dans une conversation, je m'anime, je m'enflamme, même. Il faut que je me retienne pour ne pas immédiatement fournir à mes interlocuteurs une (petite) liste de lectures.

LÉGION

Et pourtant, je ne suis pas seule.

Plus je me suis intéressée à la pensée noire, aux artistes et écrivains noirs, à la condition noire au sens large, et plus j'ai croisé de femmes blanches très investies sur ces questions. Éditrices, journalistes, productrices, militantes, parfois épouses ou amantes mais pas toujours, elles entourent les hommes noirs de leur compétence et de leur affection. On ne peut pas ne pas les voir. Elles sont là, fidèles au poste, installées dans une forme de fascination plus ou moins discrète, plus ou moins adroite, pour leurs champions.

Il m'a fallu un certain temps pour comprendre que je faisais partie à ma manière de cette armée des ombres blanches.

Que nous étions légion.

Le même genre de satellite blanc gravite autour des autrices et artistes noires, en version masculine ou féminine, c'est selon.

Ces planètes et leurs étoiles forment une modeste communauté de personnes qui font des efforts pour s'ajuster à leur altérité réciproque, s'essaient à la conjugaison des idées, des sentiments et des ambitions, ne font pas semblant d'ignorer d'où elles viennent, vont parfois jusqu'à se fâcher, mais sont d'accord pour continuer à travailler ensemble, conscientes qu'au cours du processus, elles apprendront peut-être quelque chose qui soit transférable à plus grande échelle.

Je suis fascinée par la capacité presque illimitée des êtres humains à croire aux fictions qu'ils s'inventent et à agir en leur nom, pour le meilleur et pour le pire. Le fait que personne n'ait jamais été témoin d'une résurrection avérée a-t-il empêché le christianisme de devenir l'une des religions les plus influentes du monde ? Le marketing a très bien compris cette tendance de l'espèce à adhérer à n'importe quel conte de fée, qui s'ingénie (avec succès) à nous persuader qu'un désir de consommation rassasié conduit en droite ligne au bonheur.

Dans un autre registre, Mona Cholet explique qu'en étudiant les chasses aux sorcières qui ont hanté l'Europe entre le 16e et le 18e siècles, elle s'est « confrontée au visage le plus désespérant de l'humanité ».

Les chasses aux sorcières illustrent l'entêtement des sociétés à désigner régulièrement un bouc émissaire à leurs malheurs, et à s'enfermer dans une spirale d'irrationalité, inaccessible à toute argumentation sensée, jusqu'à ce que l'accumulation des discours de haine et une hostilité devenue obsessionnelle justifient le passage à la violence physique, perçue comme une légitime défense du corps social.

Ces fictions de l'autre comme figure du mal qu'il faut éradiquer, que cet autre soit « sorcière », « noir », « arabe », « migrant », « intellectuel », « homosexuel », « tutsi », « juif », « chrétien », etc., sont aussi insensées que terriblement efficaces. Elles délivrent celui qui veut en découdre de l'idée que « l'Autre » puisse être une personne comme lui, avec son histoire, ses joies, ses défaites, ses espoirs et ses amours. Elles l'autorisent à se représenter le groupe qu'il veut haïr comme un amalgame indistinct de pantins déshumanisés. Elles libèrent des surgissements de violence aveugle qu'aucune empathie ne saurait tempérer. Elles sont si puissantes qu'elles peuvent transformer en monstre sanguinaire un commerçant tranquille, un prêtre sincère, un professeur bien éduqué, un artiste de talent, et peut-être encore plus facilement une personne faible d'esprit ou rongée par la frustration.

Qui peut jurer qu'il échapperait dans toutes les circonstances à l'emprise de ces fictions mortifères qui flottent dans l'air comme des virus prêts à nous contaminer ?

Il me vient une idée.

Lançons-nous dans un grand projet d'oxygénation en truffant notre air d'idées d'un autre style, un peu comme on replante massivement des arbres dans un paysage ravagé par les flammes.

Disséminons massivement des contre-fictions dont les héros ne soient pas des surhommes occupés à rayer de la carte des hordes d'ennemis visuellement identifiables, mais des gens de tous bords qui s'organisent ensemble pour faire face aux épreuves de la vie et ne se sentent pas plus forts des humiliations qu'ils infligent aux autres.

Des romans, des films, des dessins animés, des pièces de théâtre, des livres pour enfants, des séries à succès regardées par vingt millions de spectateurs, des jeux en ligne, des anecdotes virales, des infos, des photos, des articles, des thèses, des posts et des vidéos qui inondent les réseaux sociaux.

D'autres histoires
D'autres rumeurs
D'autres discours

Un déluge d'histoires et d'images
Des contre-feux partout allumés.

À la fin des *Trois sœurs*, Irina refuse de se laisser submerger par la tristesse, la désolation et le sentiment de l'inutilité. Pas d'autre issue que de faire face, travailler et continuer, dit-elle courageusement.

Un temps viendra, tout le monde comprendra à quoi ça sert tout ça, à quoi servent ces souffrances, il n'y aura plus aucun mystère,
mais pour l'instant il faut vivre. Il faut travailler, seulement travailler.
À présent c'est l'automne, bientôt viendra l'hiver, la neige couvrira tout et moi, je travaillerai, je travaillerai.

Anton Tchekhov

LA FICTION DU SIÈCLE

Dans un des chapitres de son *Journal d'un écrivain en pyjama*, Dany Laferrière réfléchit à la puissance de la fiction. Seuls les événements historiques racontés *via* les grands médias populaires, le roman, le cinéma, les séries, pourront prétendre à une place dans la mémoire de l'humanité, dit-il en substance.

Le travail scientifique de l'historien, le traitement de l'archive, l'analyse des sources, la comparaison des points de vue, la contextualisation et la narration historique sont bien entendu indispensables pour approcher la vérité des faits. Seul le grand récit fictionnel peut cependant faire mythologie. Pourquoi la guerre du Vietnam est-elle plus présente dans nos imaginaires que celles qui ont dévasté le Pakistan, le Biafra, l'Éthiopie ou l'Afghanistan à la même période? Parce que les États-Unis en étaient l'un des protagonistes, que des auteurs américains s'en sont saisis et qu'Hollywood a produit *Full Metal Jacket, Apocalypse Now* ou *Platoon.*

Les récits qu'on n'a pas racontés, ces fameux «récits manquants», sont perdus comme trace précieuse des multiples modalités de notre présence au monde en tant qu'espèce, ou comme contrepoints aux points de vue déjà là sur tel ou tel événement. Leur absence ouvre un boulevard aux nations dominantes pour garder la maîtrise de l'histoire de l'humanité.

L'Heure des rebelles, de la Flamande Lieve Joris, raconte l'histoire d'Assani Zikiya, Tutsi né dans une famille d'éleveurs des Hauts-Plateaux de l'est du Zaïre à l'époque de Mobutu. Assani rêvait de faire des études. Mais le génocide des Tutsis du Rwanda en 1994 précipite la région dans une spirale de violence et bouleverse sa vie. Il finit par rejoindre l'armée tutsie qui, aux côtés des rebelles conduits par Kabila, traverse la frontière et marche sur Kinshasa. Des années plus tard, il est devenu officier supérieur de l'armée congolaise. C'est de son point de vue que sont rapportés dix ans d'un conflit qui a enflammé l'Afrique centrale, impliquant non seulement le Rwanda et le Zaïre (devenu République démocratique du Congo) mais aussi l'Ouganda, le Burundi, l'Angola, la Namibie et le Zimbabwe. S'inspirant de personnages et de situations ayant existé, Lieve Joris livre une passionnante histoire de la « première guerre mondiale africaine » à hauteur d'homme.

À la lecture de *L'Heure des rebelles*, je suis frappée par l'énorme travail documentaire qui charpente le roman et par la volonté évidente de son autrice de rendre palpables les enjeux historiques, économiques, culturels et politiques qui sous-tendent cette grande guerre africaine. Aucun roman africain jusqu'à présent ne m'avait jamais donné à ce point l'impression de prendre au sérieux les conflits de la période postcoloniale, pas même *Le Pleurer-rire* d'Henri Lopes ou *La Vie et demie* de Sony Labou Tansi. Lieve Joris laisse de côté la figure grotesque du dictateur sanguinaire qui a fait recette en littérature depuis *L'Automne du patriarche*, préférant démêler les fils compliqués de la géopolitique de la région des Grands Lacs.

On est souvent tenté en Occident de qualifier les guerres qu'on ne comprend pas de « guerres tribales » ou de « conflits ethnico-religieux », surtout quand elles ont lieu dans les pays du Sud. Qui aurait l'idée de qualifier de guerres ethniques celles qui ont par trois fois opposé la France et l'Allemagne entre la fin du 19e et le milieu du 20e siècle ? Et pourtant, elles en avaient tous les ingrédients avant que le reste du monde ne s'en mêle. Cette manière de séparer les conflits armés en guerres ethniques et vraies guerres revient à les classer par ordre de signifiance : il y aurait d'un côté des imbéciles qui s'entretuent sans raison valable quand ça leur prend et de l'autre des gens sérieux qui prennent les armes pour régler les conflits « après épuisement de toutes les voies amiables », comme on dit dans les contrats. C'est nier le fait que toutes les guerres, aussi cruelles, stupides, infondées et destructrices soient-elles (qu'on pense aux récentes guerres du Golfe), instaurent des ruptures du temps qui s'inscrivent dans des dynamiques historiques que seule la paresse intellectuelle peut pousser à ignorer.

Grâce au travail de Lieve Joris, j'ai cessé de croire que les guerres africaines étaient une des manifestations de cette « malédiction » censée peser sur le continent. J'ai pris conscience du fait que le Congo avait été le théâtre d'une violente reconfiguration territoriale à enjeux multiples qui n'avait rien à envier à la Seconde Guerre mondiale en Europe sur le plan de la complexité des alliances, de la compétition pour les ressources, du nombre de victimes et de l'ampleur dans le temps et l'espace. Personne ne me l'avait encore fait percevoir aussi clairement.

On m'opposera qu'une femme blanche d'origine belge n'était pas légitime pour accoucher de ce récit ? Je répondrai que l'énorme travail documentaire qu'elle a accompli, qui doit beaucoup aux nombreuses années qu'elle a passées en RDC, lui donne toute légitimité pour écrire ce qu'elle a écrit, et que rien de ce qu'elle a fait n'empêche quiconque de s'emparer du même sujet pour en faire la fiction du siècle.

PUISSANCE DE L'UTOPIE

Boya, la *Rouge impératrice* du roman éponyme, vit à Mbanza au début du 22e siècle. Cultivée, épanouie, éduquée aux plaisirs du corps, engagée dans la transmission des savoirs qu'elle a acquis tant à l'université qu'auprès de ses aînées, la Femme rouge, comme on l'appelle, sait à la fois d'où elle vient et où elle veut aller.

Cette personnalité exceptionnelle a vu le jour dans une Afrique prospère, organisée en grandes régions issues de la reconfiguration des nations coloniales du passé. Plusieurs luttes de libération, les *Chimurengas*, celle des imaginaires précédant toutes les autres, ont permis que se constitue l'Alliance, le gouvernement pluriel qui administre le Katiopa unifié dans le respect des différences de tous les peuples qui le composent. Le Mokonzi, un homme de haute stature politique qui s'est formé dans la lutte, est le garant des destinées de cet immense État. Pour mener à bien sa mission, Ilunga s'appuie aussi sur l'héritage spirituel qu'il tient de ses ancêtres – il a le pouvoir de les visiter lors de voyages réguliers qui le mènent hors du monde visible.

Au moment où s'ouvre le roman, Ilunga est confronté à un problème qui divise la classe politique au pouvoir : que faut-il faire des Sinistrés, ces descendants des réfugiés de Pongo, l'ancienne Europe désormais effondrée ? Les traiter comme des fauteurs de trouble en puissance et les renvoyer d'où leurs ancêtres étaient venus ou les autoriser à rester, à condition qu'ils épousent les langues et usages de Katiopa, cessant de vivre coupés des autres dans la nostalgie de leurs anciens privilèges ? L'expulsion lui semble la solution la plus simple. C'est aussi celle qui a la faveur de l'Alliance. Sa rencontre avec Boya, qui ne croit pas à la solution de la séparation et milite pour la cause des Sinistrés, le fera changer d'avis.

J'ai lu les six cents pages de *Rouge Impératrice* d'une traite, portée par le souffle d'un grand bonheur intérieur. Ce bonheur ne tenait pas seulement au jeu du monde inversé qui révèle avec piquant les travers du nôtre. Pas non plus au seul plaisir de voir se dessiner au fil des pages une utopie africaine, car la rencontre entre Ilunga et Boya n'est pas une bluette qui se déroulerait dans une Afrique idéale débarrassée de tous les conflits et complots – on ne peut attendre de Léonora Miano qu'elle cède à ce genre de facilité.

Avec *Rouge impératrice*, l'autrice projette son lecteur dans un futur possible de l'humanité qui garde les traces de notre présent commun, ce temps où « l'humanité, à la fois affolée par les conséquences de ses actes et infatuée d'elle-même, se croyait à l'origine d'un nouveau temps géologique. Elle en était terrifiée, elle s'en félicitait. L'humanité... Enfin, ceux qui s'étaient arrogé le droit de parler et d'agir en son nom ». L'Anthropocène est passé par là. L'érosion marine a complètement redessiné les côtes atlantiques du continent africain, faisant disparaître une grande partie des terres cultivables, et les régions de l'est, désormais arides, sont devenues inhabitables.

Léonora Miano résiste pourtant à la tentation du récit apocalyptique. En entrelaçant la fable politique d'une Afrique qui a repris son destin en main à l'histoire du grand accord majeur entre un homme et une femme, un amour qui rompt radicalement avec le principe de l'aliénation consentie, elle livre le récit lumineux d'une double émancipation, personnelle et collective.

Puisant dans sa vaste érudition en matière d'histoire et de spiritualité africaines, Léonora Miano imagine une civilisation qui aurait recyclé le meilleur des traditions du continent, mêlées à quelques autres, pour rendre possible l'apparition d'humains en pleine possession de leur être rationnel, sensuel et spirituel – les trois dimensions n'étant jamais isolées l'une de l'autre. Boya et Ilunga sont les incarnations de ces êtres d'un genre nouveau dont la puissance inspire aux personnages qui les entourent le respect autant que la jalousie. C'est dans un environnement politique tendu – tenir le cap d'un renversement de l'ordre mondial n'est pas un long fleuve tranquille, qu'ils exercent l'autorité, l'amour et le soin dont ils sont capables.

Le roman fonctionne aussi, presque magiquement, comme un oracle : il nous souffle à l'oreille que tout est possible. En mettant en fiction un futur enviable pour l'humanité, il le rend présent par anticipation, décuplant notre désir de le faire advenir. *Rouge Impératrice* nous pousse hors des limites que nous imposons à nos rêves en les encageant dans ce que nous connaissons déjà du réel et des relations de concurrence et de domination qui le régissent aujourd'hui. Aux antipodes de ce triste avenir autoprogrammé, le roman explore ce que pourrait être une société qui articule le politique au spirituel, l'intime au philosophique et la richesse au bien commun. Sans nous laisser penser que rien ne soit facile, il nous redonne confiance en notre capacité de renverser le cours des choses.

Il nous donne du courage.

SORORITÉ

Moi : Je me suis lancée dans un truc impossible. Je bute toujours sur les mêmes choses. Le semblable et le différent. Les flux et les fronts. Le commun et le séparé. Il faut que tu m'aides. Je n'y arriverai pas sans toi.

Elle : À chaque fois c'est pareil avec toi : tu décides, et il faut qu'on te suive. Laisse-moi tranquille. Je veux pouvoir réfléchir à mon aise sans que tu pérores dans les parages.

Moi : Tu me chasses ?

Elle : Ce n'est pas ça. Mais on ne peut pas toujours tout faire ensemble.

Moi : Et moi qui étais persuadée du contraire.

Elle : Et si tu essayais plutôt de parler un peu moins ?

Moi : …

Elle : Tu ne trouves pas que tu as assez occupé le terrain, depuis le temps ? Tu ne voudrais pas me laisser un peu de place ?

Moi : Il faut pourtant bien qu'on dialogue.

Elle : À propos de quoi ? Cuisine, chiffons, coiffure et manucure ?

Moi : Pourquoi pas ? Ou bien égalité, éducation, émancipation, discrimination. Et littérature. Et philosophie. Comme tu voudras…

Elle : Tu crois que tu arriverais à te retenir de jouer les grandes sœurs ?

Moi : Je pourrais peut-être commencer par t'écouter ?

NANTES

Les amis qui viennent me voir dans ma ville d'adoption savent qu'ils n'échapperont pas à une visite au Mémorial de l'abolition de l'esclavage. Il se pourrait même, s'ils reviennent, qu'à un moment ou l'autre, je leur demande s'ils n'aimeraient pas y retourner une toute petite fois.

Inauguré en 2012 au terme d'un travail de longue haleine mené conjointement par des associations militantes, des historiens et les conservateurs du musée d'histoire, le Mémorial est un espace métaphorique, propice au recueillement, installé sous le quai de la Fosse, où le mouvement du fleuve qui vient heurter les piliers de soutènement du quai réveille le souvenir de la cale négrière. Mille sept cent dix plaques de verre gravées du nom des navires de traite qui quittèrent le port de Nantes au 18e siècle jalonnent l'esplanade qui conduit au monument. Un escalier descend vers une passerelle en contrebas. Un long mur en biseau donne à lire des textes d'auteurs du monde entier qui établissent l'ampleur du trafic, la violence de ses principes et célèbrent l'engagement de ceux qui se sont battus pour l'abolition.

Décrié par les militants radicaux de la décolonialité comme un geste politiquement trop timide et par les nostalgiques de la grandeur de la France comme un monument à la repentance, régulièrement vandalisé par des groupuscules néofascistes, le Mémorial est visité par des dizaines de milliers de personnes par an qui le parcourent en silence et constitue l'un des premiers gestes officiels de reconnaissance de la traite transatlantique en Europe. Le geste d'une ville qui *accepte de regarder son passé en face pour mieux lui tourner le dos.* Puisque ce monument ne plaît pas aux idéologues, tout en émouvant le public, c'est probablement qu'il est exactement au bon endroit du difficile territoire des objets mémoriels.

Je fais partie des personnes que ce monument touche énormément, d'autant qu'il résonne pour moi d'harmoniques toutes personnelles : conçu par l'artiste polonais Krzysztof Wodiczko, il se clôt sur cette parole d'Édouard Glissant :

> *L'oubli offense, et la mémoire, quand elle est partagée,*
> *abolit cette offense. Chacun de nous a besoin de la mémoire*
> *de l'autre, parce qu'il n'y va pas d'une vertu de compassion*
> *ou de charité, mais d'une lucidité nouvelle dans un processus*
> *de la Relation. Et si nous voulons partager la beauté du monde,*
> *si nous voulons être solidaires de ses souffrances,*
> *nous devons apprendre à nous souvenir ensemble.*

C'est comme si Nantes me faisait une sorte de clin d'œil créole.

« Tu es ici chez toi » me dit cette ville. « Calme-toi. Pose ton sac et reste avec nous.

Tu pourrais vivre ici.

Tu pourrais vivre d'ici. »

AFRICAN HOUSE

Je viens de lire un article sur Spoek Mathambo, un groupe sud-africain que je ne connais pas. Pour me faire une idée, j'écoute *Mzansi Beat Code,* leur dernier album, en préparant un gaspacho de courgettes. Kwaito, trip-hop, rap et électro, tout se mélange pour accoucher d'une sorte de *house* africaine à l'énergie explosive. Je quitte mes fourneaux et me mets à danser dans la cuisine.

Quelqu'un parle français dans les premières mesures du huitième morceau. Je tends l'oreille. Une familiarité fugitive, à peine dix secondes, bientôt ensevelie sous un *beat* de folie qui scande en boucle jusqu'à la transe la phrase *No Congo, no cell-phone* – c'est le titre du morceau. « Par rapport au marché, coltan, ou même de l'or, dit la voix, il faut se poser la question de savoir à qui a profité le commerce. » Je remets le morceau au début. Cette voix me dit quelque chose. J'écoute encore. *Rewind.* J'écoute encore. Et encore.

J'ai trouvé : c'est la voix (si vous l'avez entendue une fois vous ne pouvez l'oublier) d'Achille Mbembe !

C'est dans ce monde que je veux vivre. Celui où la parole d'un politologue camerounais basé à Johannesburg, une star des études africaines, se retrouve samplée en français dans un tube de *house* sud-africaine qui dénonce les petits arrangements des multinationales avec les gouvernements les plus corrompus de la planète.

CARREFOUR MARKET

C'est la semaine antillaise au Carrefour Market d'Offranville où ma mère fait ses courses hebdomadaires, à son rythme de vieille dame boiteuse qui ménage sa hanche récalcitrante. Trois vendeurs noirs, toques et tabliers de madras, nous font signe depuis la paillotte où ils sont installés dans l'entrée du magasin.

L'image est des plus exotiques, dans un village de Normandie où j'ai rarement croisé des personnes de couleur. Les affiches *Y'a bon Banania* me reviennent en mémoire. Je suis scandalisée et je ronchonne. Est-ce qu'en 2020, on est vraiment tenu de déguiser les gens en Antillais de pacotille pour vendre des acras de morue et du plantain frit ? Et quand c'est la semaine allemande, est-ce qu'on recrute des grandes blondes à large carrure avec des nattes sur la tête pour servir des louchées de choucroute ?

Ma mère, elle, ne ronchonne pas.

Elle ne se pose pas de questions.

Elle file clopin-clopant vers la paillotte, s'appuyant sur sa canne.

Elle est tout sourire.

Elle veut goûter les acras.

Elle est si avenante que le vendeur lui en offre un qu'elle déguste avec gourmandise, tandis que je refuse le mien avec un sourire crispé.

Le vendeur prend son rôle à cœur, il n'a l'air ni humilié, ni mécontent, il vante sa marchandise avec bonne humeur. Les clients approchent.

Bientôt la musique s'en mêle, genre Compagnie créole. Ça met ma mère en joie. Elle bat la mesure avec sa canne en balançant la tête en rythme et fait mine de tourner sur elle-même. Le vendeur la voit faire et sort de sa cahute pour venir danser avec elle. Les voilà partis pour quelques tours de mazurka dans les bras l'un de l'autre. Ils rient aux éclats.

Désarmée par tant de bonheur postcolonial impromptu, je finis par abandonner ma posture de Blanche conscientisée qui ne passe rien à personne. Je me détends. Moi aussi, j'éclate de rire. Je sors mon téléphone portable et j'immortalise l'instant.

Clic!

Il n'existe pas d'étrangers. Il n'existe que des versions de nous-mêmes, auxquelles nous n'avons pas adhéré pour beaucoup, et dont nous voulons nous protéger pour la plupart. En effet l'étranger ne vient pas d'un autre pays, il est aléatoire ; il ne vient pas d'un autre monde, il est remémoré ; et c'est la nature aléatoire de la rencontre avec notre moi déjà connu – bien que non reconnu comme tel, qui suscite une légère vague d'inquiétude. C'est aussi ce qui nous donne envie de posséder, de gouverner et d'administrer l'Autre. D'embellir cette personne, si nous le pouvons, en la renvoyant à notre propre miroir.

Toni Morrison

Je suis ni meilleur ni pire qu'un autre : je ne suis qu'un autre. Je doute avec ceux qui savent douter. Je m'interroge avec ceux qui savent s'interroger. J'assume avec ceux qui savent assumer. Je n'avilis personne parce qu'en tant qu'homme j'ai la responsabilité de créer des valeurs. Les valeurs de vie me semblent plus utiles que les valeurs de mort : en cela, on m'appelle « être moral ». La nature aussi est différente de moi (j'aurais dit les natures). Je ne l'aborde pas en conquérant impitoyable mais en négociateur infatigable. L'homme n'a point d'autre intérêt que sa survie. Et bien entendu, l'équilibre est la condition de la survie. La justice en d'autres termes.

Sony Labou Tansi

Cette formulation « Agis dans ton lieu, pense avec le monde » (détail et totalité), qui n'annonce pas une obligation bifide et préfigurée mais un proliféré sans limite, est aujourd'hui généralisée. Vous la retrouverez sur les murs de verre des plus grandes cités ou sur les traces des villages les plus abandonnés, avec cette remarquable injonction, de penser non pas dans le monde, ce qui aurait pu réintroduire l'idée de la conquête et de la domination, mais de penser avec le monde, d'où toutes sortes de relations et d'équivalents (de différents).

Édouard Glissant

Oh mon corps, fais de moi toujours un homme qui interroge.

Frantz Fanon

REMERCIEMENTS

L'écriture de *Blanche* m'a posé tellement de questions politiques, poétiques et sensibles qu'elle m'a conduite à dialoguer longuement avec un premier cercle de lecteurs, pour mettre mes intuitions à l'épreuve de leur réception. Ces dialogues fertiles ont fini par faire partie intégrante du processus d'écriture qui en garde la trace.

À toutes celles et ceux qui ont activement pris part à ce dialogue contradictoire, me faisant le cadeau de leur temps précieux pour lire un texte encore en devenir, je voudrais exprimer mes remerciements.

Merci à Céline Thiou pour ses questions embarrassantes, à Rodney Place pour son savoir et sa folie, à Antonio de Almeida Mendes pour son érudition et son empathie, à Felwine Sarr pour ses encouragements et sa précision, à Achille Mbembe pour l'intérêt qu'il a manifesté, à Anaïs Allais pour ses conversations enflammées, à Caroline Blache pour ses conseils de lecture et sa fatigue, à Claire David pour ses étonnements intéressants.

Merci à Bruno Chevillon pour les harmoniques, les résonances et la présence.

Merci au comité éditorial de Mémoire d'encrier pour sa vigilance et ses agacements indispensables. Merci enfin à Rodney Saint-Éloi et Yara El-Ghadban, mes éditeurs : à grand renfort d'intransigeance, d'intelligence et de bienveillance, ils ont su me pousser vers la polyphonie en me faisant entendre d'autres voix que la mienne.

TABLE DES MATIÈRES

DANS LA MÊME COLLECTION

Les années 80 dans ma vieille Ford, Dany Laferrière
Mémoire de guerrier. La vie de Peteris Zalums, Michel Pruneau
Mémoires de la décolonisation, Max H. Dorsinville
Duvalier. La face cachée de Papa Doc, Jean Florival
Aimititau! Parlons-nous!, Laure Morali (dir.)
L'aveugle aux mille destins, Joe Jack
Tout bouge autour de moi, Dany Laferrière
Uashtessiu • Lumière d'automne, Jean Désy et Rita Mestokosho
Rapjazz. Journal d'un paria, Frankétienne
Nous sommes tous des sauvages, José Acquelin et Joséphine Bacon
Les bruits du monde, Laure Morali et Rodney Saint-Éloi (dir.)
Méditations africaines, Felwine Sarr
Dans le ventre du Soudan, Guillaume Lavallée
Collier de débris, Gary Victor
Journal d'un écrivain en pyjama, Dany Laferrière
Bonjour voisine, Marie Hélène Poitras (dir.)
Journal d'un révolutionnaire, Gérald Bloncourt
Le vent des rives, Rachel Bouvet
Je ne vais rien te cacher. Lettres à Georges Anglade, Verly Dabel
Les échos de la mémoire. Une enfance palestinienne à Jérusalem, Issa J. Boullata (trad. Chantal Ringuet)
Tout ce qu'on ne te dira pas, Mongo, Dany Laferrière
Chérir Port-au-Prince, Valérie Marin La Meslée
Sur Fanon, collectif sous la direction de Bernard Magnier
Soigner, aimer, Ouanessa Younsi
De si jolies petites plages, Jean-Claude Charles
Saint-Laurent mon amour, Monique Durand
Ceci n'est pas un paradis, May Telmissany (trad. Mona Latif-Ghattas)
La force de marcher, Wab Kinew (trad. Caroline Lavoie)
Baskets, Jean-Claude Charles
Tisser les voix, Rachel Bouvet
Shuni, Naomi Fontaine
Eukuan nin matshi-manitu innushkueu • Je suis une maudite Sauvagesse, An Antane Kapesh (trad. José Mailhot)
Tanite nene etutamin nitassi? • Qu'as-tu fait de mon pays?, An Antane Kapesh (trad. José Mailhot)
Abandon, Joanna Pocock, (trad. Véronique Lessard et Marc Charron)
Rien du tout, Olivia Tapiero

Mémoire d'encrier reconnaît l'aide financière
du Gouvernement du Canada
par l'entremise du Conseil des Arts du Canada,
du Fonds du livre du Canada
et du Gouvernement du Québec
par le Programme de crédit d'impôt pour l'édition
de livres, Gestion Sodec.

Mémoire d'encrier est diffusée et distribuée par :
Harmonia Mundi livre : Europe
Diffusion Gallimard : Canada
Communication Plus : Haïti

Dépôt légal : 1er trimestre 2021

ISBN 978-2-89712-743-5
LCC PQ2702.L66 B53 2021 | CDD 843/.92—dc23

Image de couverture : Détail de l'œuvre *Quand on a de trop belles couleurs, on est souvent les plus dangereux* (série *Une couronne tombe sur le monde. La nature et les animaux respirent*), PMN 20-10, 13 x 8 x 2 pouces ou 32cm x 22cm x 6cm, acrylique et vernis à ongles sur bois, copyright @pascale_monnin

Suivi d'édition : Yara El-Ghadban, Philippe Néméh-Nombré,
Gilles Bibeau, Rodney Saint-Éloi
Correction : Monique Moisan
Relecture d'épreuves : Élise Nicoli
Suivi de production et mise en page : Virginie Turcotte
Maquette de couverture : Étienne Bienvenu

MÉMOIRE D'ENCRIER

1260, rue Bélanger, bur. 201 • Montréal • Québec • H2S 1H9
Tél. : 514 989 1491
info@memoiredencrier.com • www.memoiredencrier.com

IMPRIM'VERT®

L'OUVRAGE *BLANCHE*
DE CATHERINE BLONDEAU
EST COMPOSÉ EN ADOBE GARAMOND PRO 11,5/13,5.
IL EST IMPRIMÉ EN FRANCE
SUR DU PAPIER ISSU DE FORÊTS DURABLEMENT GÉRÉES
ET DE SOURCES CONTRÔLÉES
EN JANVIER 2021
PAR CPI FIRMIN DIDOT (162083)
POUR LE COMPTE
DES ÉDITIONS MÉMOIRE D'ENCRIER.